CAÇADA

MISTÉRIOS DE GWEN LINDSTROM LIVRO 1

CONNIE L. BECKETT

Tradução por
LUISA CAMACHO

Ao Joe, meu companheiro de viagem e motorista-chefe na nossa viagem a Dubois.

AGRADECIMENTOS

Obrigada aos meus amigos do grupo de escrita. A sua contribuição é sempre valiosa. Um grande obrigado à Donna por se certificar que as minhas vírgulas estão nos seus devidos lugares e que quaisquer buracos no enredo estão preenchidos. Joe e eu ficamos no *Wind River KOA* enquanto eu pesquisava a área de Dubois. O pessoal foi útil em suas recomendações e apreciamos sua contribuição sobre a história da área e suas atrações. Um sincero agradecimento aos meus amigos e família por apoiarem a minha obsessão por escrever.

LACEY

"Onde diabos está aquela garota, afinal?", Gwen Lindstrom perguntou a Mack enquanto virava a placa na janela do restaurante de fechada para aberta.

O céu escuro tinha apenas começado a clarear, mas tão cedo o amanhecer ainda não tinha iluminado o vale raso onde Dubois, Wyoming, se encontrava.

Mack encolheu os ombros. "É a segunda vez esta semana que ela se atrasa, certo?", perguntou à Gwen através da abertura na parede entre a área de jantar do restaurante e a cozinha. Ele estava limpando a grelha já imaculada, preparando-a para a multidão do café da manhã, que em breve entraria buscando pelo bacon crocante, ovos malpassados e panquecas macias. "Ainda acho que precisa fazer um teste de drogas nela. Ou pode apenas despedi-la por se ter atrasado. Já fez isso por coisas menores."

"Eu faria, mas a temporada turística de verão começou, e as garçonetes estão escassas", explicou Gwen, chegando à geladeira para pegar as garrafas da molho caseiro picante pelo qual o Café era famoso.

A garota de quem falavam era Lacey Stevens, mas ela não era realmente uma garota desde os vinte anos. Ela tinha entrado ali um mês antes, à procura de trabalho. Gwen sentiu pena da Lacey. Ela era magrinha, mais baixa do que os 1,80m de Gwen, e parecia que já fazia muito tempo que não comia uma refeição decente. Mesmo assim, sua aparência estava limpa e arrumada, e seu longo cabelo escuro estava amarrado em um rabo de cavalo. E Gwen estava com falta de pessoal, já que Michelle estava em licença de maternidade e muito provavelmente não voltaria.

Gwen tinha dito à Lacey: "Tenho uma vaga aberta no turno da manhã. Abrimos às 6 da manhã. Isso significa que você precisa estar aqui e pronta antes das 5h45. Entendido?"

Lacey acenou com a cabeça para concordar.

Gwen continuou: "O seu cabelo está bem puxado assim para trás e acho que tudo bem ele ser roxo." Parecia que a parte de baixo do cabelo da garota tinha sido mergulhado em tinta roxa. Na Lacey, o visual funcionava. Além disso, ela tinha direito de reclamar do cabelo? Gwen passou o dedo pelo lóbulo da orelha com a fila de brincos que ia do topo da orelha até ao fundo do lóbulo. Ela não invejava a garota roxa. "Mas", continuou a Gwen, "vai ter que cobrir isso." Ela apontou para o braço esquerdo de Lacey, com uma tatuagem que ia do pulso até desaparecer debaixo da manga da sua camiseta folgada.

"Eu tenho uma camisa de manga comprida que posso usar", disse-lhe Lacey, e então Gwen a contratou.

Durante três semanas, Lacey tinha chegado antes do tempo designado e estava pronta para trabalhar. Sem dúvida, ela era uma trabalhadora esforçada, embora o seu jeito nervoso e o fato de estar sempre impaciente, em movimento e inquieta fosse um contraste com a maneira cautelosa e pesada de Michelle. E, Senhor, como a garota se distraía facilmente. Um caminhão entrava no parque e Lacey, no meio de uma encomenda de um cliente, olhava pela janela até o motorista desligar o motor.

Naquele momento, a porta se abriu e Lacey entrou correndo.

"Desculpa, desculpa", ela disse à Gwen enquanto abria caminho até a sala dos fundos em busca de um avental.

Antes que Gwen pudesse abrir a boca para dizer qualquer coisa, Lacey já se fora, a porta da sala dos fundos balançava em seu rastro.

Mack levantou dois dedos, para dizer à Gwen duas vezes numa semana.

A primeira vez que Lacey se atrasou, ela tinha entrado com um olho roxo, a maquiagem que ela aplicara não conseguiu esconder o hematoma. Gwen havia lembrou Lacey que ela precisava chegar lá antes das 5h45, mas, vendo os danos, não teve coração para repreendê-la.

"Lamento muito. Eu sei que esta é a segunda vez, mas prometo que não vai acontecer novamente", disse Lacey à Gwen depois que ela voltou, amarrando o avental preto com o logo do *Ranchers' Café* estampado em vermelho acima do peito.

O hematoma ao redor do olho de Lacey tinha transformado naquele tom de amarelo esverdeado que os hematomas tem após alguns dias. O que chamou a atenção de Gwen esta manhã foram as manchas escuras sob os olhos de Lacey. Não eram machucados, mas definitivamente provas de que ela não tinha dormido muito. Gwen se perguntou se ela estava festejando até tarde ou se o namorado que a tinha espancado também era responsável pela noite em branco?

O primeiro cliente deles entrou no estacionamento, com os faróis iluminando o interior do restaurante.

"Eu falo com você mais tarde, Lacey. Neste momento, temos trabalho a fazer."

Gwen viu os ombros de Lacey relaxarem com a trégua quando um segundo cliente entrou no estacionamento.

O horário de pico do café da manhã do restaurante acontecia entre 6 e 9 da manhã. Lacey estava ainda mais nervosa e inquieta do que de costume, enquanto esperavam primeiro os trabalhadores rurais e de ranchos que se levantavam cedo para trabalhar, e depois o pessoal do escritório e os vendedores que entravam para comer algo antes de começar o dia de trabalho. Cada vez que alguém entrava no estacionamento ou abria a porta de vidro barulhenta, a cabeça de Lacey se virava em direção ao barulho, uma expressão estranha em seu rosto. Gwen não conseguia decifrar o olhar. Ela se perguntava se era medo, pavor ou antecipação.

Um formigamento inquietante palpitava na parte de trás do pescoço de Gwen, como se Lacey a observasse a manhã toda como um cão que tivera um acidente no tapete e soubesse que o castigo estava à espreita.

Às 10h30, com apenas um casal ainda comendo e incapaz de aguentar mais, Gwen encheu duas xícaras de café e fez Lacey se juntar a ela em uma mesa vazia.

"Chegou tarde outra vez esta manhã", disse-lhe a Gwen assim que a Lacey se sentou. "Por que?" Ela sempre acreditou que a abordagem direta era a melhor. Gwen não lhes dava tempo de formularem uma mentira.

A mão da Lacey tremia enquanto adicionava açúcar no café. Ela rapidamente recolocou o recipiente do açúcar na mesa e enfiou as mãos debaixo das pernas.

Gwen tinha pegado um par de talheres de prata enrolados em guardanapos antes de se sentar. Então ela desenrolou um deles, tirou uma colher e colocou-a no guardanapo ao lado da caneca da Lacey. Quando ergueu a cabeça, Gwen viu que uma lágrima havia se formado no canto do olho ferido de Lacey. Surpresa, Gwen respirou fundo e recomeçou, desta vez com uma voz mais suave.

"Não estou zangada", continuou Gwen. "Parece que está chateada com alguma coisa. Somos só você e eu trabalhando no turno da manhã e se você não aparecer, estou ferrada. Especialmente agora que estamos na primavera e temos turistas chegando. Preciso saber o que está acontecendo com você."

Lentamente, com os olhos na caneca, Lacey pegou a colher e mexeu o café açucarado. Gwen nunca a vira tão quieta, quase imóvel. Se Lacey estivesse drogada como Mack suspeitava, poderia ela passar de inquieta para congelada tão depressa? Gwen não tinha a certeza.

Ainda olhando para o seu café, Lacey começou. "Donny, o meu namorado, não voltou para casa ontem à noite. Fiquei acordada até tarde à espera dele."

Ah, bom Deus, pensou Gwen. Ela odiava o drama entre namorada e namorado. Quantas vezes ela tinha visto isso?

Este Donny provavelmente tinha saído para uma farra, e estava dormindo no carro ou na cama de alguma garota que ele tinha ficado no bar. Já vai tarde. Provavelmente foi o Donny quem bateu nela. A Lacey estava melhor...

"Eu sei o que está pensando", disse Lacey, interrompendo os pensamentos de Gwen. "Donny, bem, Donny não faria isso, quero dizer, desaparecer assim. Ele estava indo...", Lacey apertou os lábios. As palavras que ela quase disse trancaram-se no cofre da sua mente. Lacey tomou um gole de café e se contorceu no assento.

Gwen ficou quieta esperando que Lacey dissesse mais. Ela queria questionar Lacey ainda mais, mas um dos clientes restantes acenou com a caneca de café na direção delas e Lacey levantou-se para enchê-la.

DESAPARECIMENTO

Lacey chegou prontamente às 5h40 da manhã seguinte, batendo na pesada porta de vidro para que Gwen pudesse deixá-la entrar.

Gwen pensou que o problema do namorado tinha sido resolvido até ver a cara de Lacey. O hematoma era o mesmo amarelo e verde, mas as olheiras sob os olhos dela tinham aumentado. Lacey correu para a sala dos fundos para pegar seu avental antes que Gwen tivesse a chance de interrogá-la.

As manhãs de sexta-feira eram sempre ocupadas no *Ranchers' Café*. Esta não foi exceção. Lacey trabalhou com seus habituais movimentos rápidos enquanto recebia pedidos, mantinha as xícaras de café dos clientes cheias e pegava os pratos de café da manhã assim que Mack os colocava no balcão debaixo das luzes de aquecimento e tocava a campainha. Ao contrário do dia anterior, ela só se assustava ocasionalmente quando a porta se abria, ou quando um caminhão a diesel roncava no estacionamento.

Finalmente, o tráfego de clientes diminuiu. Gwen massageou o ombro tenso, contando os minutos até às 14h, quando o gerente da tarde assumiria. Foi quando a xerife April Erickson marchou pela porta.

April era a cunhada da Gwen, irmã mais nova do seu falecido marido. Ela era alta, quase um metro e oitenta, forte e de pele clara. April e Gabe Lindstrom, o falecido marido de Gwen, eram farinha do mesmo saco escandinavo e, às vezes, quando Gwen via April, seu coração dava um pequeno zunido de tristeza por ter perdido Gabe em tão tenra idade.

Na maioria dos dias, April tinha um sorriso tão grande quanto o seu coração, mas hoje não. Ela reservou um momento para acenar um olá à Gwen, depois voltou seu foco de laser para Lacey.

Enquanto April se aproximava dela, uniformizada com a pistola de coldre e com os acessórios da polícia, Lacey congelou como um veado ao ouvir o primeiro tiro distante da temporada de caça.

Gwen se aproximou, não tendo a mínima vergonha de escutar a conversa delas.

"Você é Lacey Stevens, certo?", April perguntou.

Lacey acenou com a cabeça, torcendo as mãos.

"E você relatou que o seu namorado, um tal Donald Myers, desapareceu ontem?"

Lacey acenou novamente com a cabeça. Ela parecia incapaz de falar.

April virou-se e perguntou à Gwen: "Posso falar com a Sra. Stevens a sós por uns minutos?"

"Leve o tempo que precisar. Não estamos ocupados", respondeu Gwen, fazendo o máximo para esconder a sua decepção. *Lá se vai a bisbilhotice.*

April apontou para a porta e depois seguiu Lacey para fora.

Dez minutos depois, Lacey voltou sozinha e parecia perturbada, com os olhos vermelhos. Gwen ansiava por perguntar se o namorado tinha aparecido — provavelmente na prisão — mas só então um grupo de seis pessoas entrou. Gwen colocou uma mão gentil no braço de Lacey e disse-lhe para tirar alguns minutos para se compor e depois foi atender os novos clientes.

Finalmente, Marilyn, a gerente da tarde, chegou junto com a equipe de garçons. Uma das garçonetes regulares, Susie, chegou mais cedo para ajudar no almoço, então Gwen mandou Lacey para casa depois que a multidão do almoço diminuiu. Quando ela lhe disse para ir embora, Lacey correu para a sala dos fundos, já desatando o avental. Antes que a porta parasse de balançar, ela estava de volta e correu em direção à porta do restaurante.

"Vou organizar a contabilidade", disse Gwen à Marilyn depois de receber o pagamento de um casal que tinha demorado no almoço.

"O que a April queria com a Lacey?", Mack perguntou.

Gwen entrara na cozinha para tirar a fatura de um fornecedor de alimentos do quadro de avisos para que ela pudesse pagar a conta.

"O namorado dela ainda está desaparecido. Parece que ela fez um relatório de pessoa desaparecida depois de sair daqui ontem".

"Numa bebedeira, suspeito", respondeu ele.

Gwen levantou as tampas das panelas, espreitando, as narinas se contraindo um pouco. "Esta cheira bem. Eu vi muitas porções dele saindo. Estou esfomeada."

"Frango e bolinhos. Pegue uma tigela e sirva-se", disse-lhe ele. "A Lacey tem alguma pista de para onde foi o cara dela?"

"Não. Pensei que talvez ele estivesse dormindo em algum lugar, mas de acordo com a Lacey, isso não é o estilo dele."

Mack suspirou.

"Sim, eu também pensei isso, mas sem dúvida que ela está chateada. Conhece o Donny, o namorado dela?", Gwen perguntou.

"Nunca o conheci. Pode ser que tenha vindo comer, mas não sei como ele é. E você?"

Gwen adicionou queijo ralado à parte de cima dos bolinhos de frango e pegou uma colherada enquanto pensava.

"Não, assim como você. Lacey raramente fala sobre sua vida pessoal, não que tenhamos tempo para conversar tão ocupados quanto estamos de manhã. É estranho que não o conheçamos. Dubois não é tão grande assim, especialmente no final do inverno, quando os turistas estão fora.

"Hum, isto é mesmo delicioso", continuou ela enquanto pegava outro bolinho recheado. O molho tinha gosto de sálvia e manjericão e quaisquer ingredientes secretos que Mack usou.

Mack começou a trabalhar como cozinheiro enquanto servia no exército. Depois de vinte anos de serviço, ele tinha se aposentado. A aposentadoria não durou muito — "muito entediante", ele tinha dito à Gwen. Primeiro, ele foi trabalhar na cozinha de um restaurante em Jackson, mas logo percebeu que o estilo de vida sofisticado de Jackson Hole não era uma boa opção para sua família, e ele procurou trabalho em uma cidade menor. Mack conversou com um amigo, que o indicou a outro amigo, que o recomendou à Gwen.

O timing foi perfeito. Depois do Gabe morrer de câncer, Gwen tinha pensado em vender o local. O rendimento do restaurante tinha aumentado constantemente ao longo dos anos, mas o trabalho era árduo com pouco tempo livre.

Gabe, o seu amoroso apoiador se fora e ela não conseguia juntar os pedaços do coração para seguir em frente. Depois de alguns meses vendo o competente trabalho de Mack, ela perguntou se ele gostaria de comprar parte do restaurante como sócio. Ele havia concordado e agora administrava a cozinha, contratava e despedia o pessoal e encomendava suprimentos. Ele, sua esposa e seus filhos adultos não eram nativos de Wyoming, mas tinham se adaptado facilmente à área.

Gwen colocou outra colherada de frango e bolinhos na tigela e dirigiu-se ao seu escritório para trabalhar na contabilidade durante algum tempo.

Quando Gwen estava saindo do restaurante, viu April voltando para o estacionamento. A cunhada dela parecia estranhamente atormentada. Normalmente a xerife April Erickson era um pilar alto de calma, mas não hoje.

"Olá, Gwen. A garçonete, Lacey Stevens, ainda aqui está?", perguntou April.

"Mandei-a para casa há cerca de uma hora. Por quê?"

"Inferno", disse April, descansando a palma da mão no coldre. "Sabe para onde ela foi depois de sair?"

"Não. Por quê?", Gwen perguntou. "Encontrou o namorado dela?"

"Se for ele que encontramos na propriedade deles... Não são boas notícias."

Gwen franziu a testa. "O que quer dizer?"

Nesse momento o celular da xerife tocou. Ela verificou a identificação da chamada e depois atendeu. "Sim, Jack?"

April ouviu por um minuto, depois respondeu: "Mantenha-a lá, estou a caminho agora. E não lhe diga nada. Eu quero observar a reação dela."

April voltou-se para Gwen e perguntou: "O seu carro você estacionou nos fundos?"

"Claro", disse a Gwen. Ela levantou as chaves e destravou as fechaduras da porta do jipe que estava estacionado ao lado do restaurante. "Por quê?"

"Gostaria que viesse comigo, se estiver livre, é claro. Eu levo você de volta quando terminarmos. Encontramos um corpo no celeiro atrás da casa deles.

Pode ser o de Myers, mas ainda não temos uma identificação positiva. Era o delegado ao telefone. Lacey acabou de chegar em casa. Ele está no local com ela, mas me ajudaria se alguém que a Lacey conhece estivesse lá quando eu lhe contar. Eu lhe contarei o que sabemos no caminho."

Gwen apertou o botão da sua chave, desta vez para trancar as portas do jipe, e deslizou para o banco do passageiro do veículo de patrulha de April.

"Então, o que aconteceu?", Gwen perguntou à April quando elas saíram do estacionamento.

"Alguns caras caminhando disseram que repararam que uma janela do celeiro estava quebrada e que não parecia ter ninguém em casa. Eles foram verificar e..."

Gwen bufou.

"Penso exatamente assim. A história deles soava como uma besteiratotal. De qualquer forma, eles espreitaram dentro da janela, só para ter a certeza que estava tudo seguro."

Gwen bufou outra vez.

"Lá dentro encontraram um homem no chão que alegaram que parecia estar morto, por isso chamaram o 911."

"Quem eram os dois caras?", Gwen perguntou.

"Não sei. Desligaram antes de darem os nomes ao operador 911, e ninguém estava no local quando o patrulheiro chegou."

"Chamada anônima então?", Gwen perguntou.

April virou-se e lançou um sorriso para Gwen que a fez lembrar do rosnado de um lobo. "Não é bem assim. A central terá o número de celular do qual a chamada foi feita."

April desacelerou. Ao avistar uma entrada estreita, ela entrou nela. Elas estavam fora da cidade agora, as árvores e a vegetação rasteira escondendo a vista da casa da rua.

"Como é que ele morreu?", Gwen perguntou.

"Ainda não examinamos o corpo. Jay está a caminho."

O coração da Gwen tamborilou com a menção de Jay Marker. Ele era dono da casa funerária Dubois. Como diretor da funerária, também atuava como médico-legista de Fremont County, quando necessário. Ele era magro e bonito com cabelos prateados. Era amigo da Gwen e às vezes amante... quando tinham tempo. Com suas agendas de trabalho lotadas, não acontecia com frequência.

April deu uma olhada em Gwen. "Esse grande sorriso na sua cara não pode ser porque o seu lindo diretor funerário vaqueiro está para chegar, não é?"

Gwen deu um soco leve no ombro da cunhada, mas não conseguiu conter o sorriso.

Quando pararam no final da entrada, encontraram Lacey sentada nos degraus da frente de uma casinha triste com um olhar vazio no rosto. Um oficial fardado estava ao lado e levantou uma mão em saudação. Na esquina da casa, escondido entre as árvores, estava um celeiro de madeira desgastado, com uma fita de cena do crime circundando uma larga faixa na frente.

"Tive de contar a ela, xerife", o oficial informou April depois de saírem do carro. "Ela insistiu em procurar no celeiro e a única maneira de pará-la era dizer que tinha sido encontrado um corpo e que tínhamos que esperar."

"Maldição", April murmurou.

Lacey não tinha notado a sua chegada, nem sequer tinha se mexido. Quando se aproximou dela, Gwen viu que Lacey se abraçava, como se estivesse tentando juntar os pedaços. Gwen sentou-se no degrau do alpendre ao lado dela e colocou um braço suavemente em volta da garota. Era difícil saber o que fazer com esta daqui. Ela tinha visto Lacey enrijecer e se afastar quando um cliente lhe deu uma palmadinha nas costas ou apertou seu braço. Lacey não se afastava do toque de Gwen, mas também não se apoiava nela. Debaixo da camisa, Gwen podia sentir os nós da espinha dorsal de Lacey.

"Está com frio?", Gwen perguntou. O ar da primavera ainda está gelado, especialmente à sombra das árvores que rodeiam o local.

Lacey acenou com a cabeça, o primeiro sinal de reconhecimento desde que elas haviam chegado . Gwen tirou o seu casaco de lã e o colocou em volta dos ombros de Lacey. A garota tremeu com o calor retido do corpo da Gwen.

April tinha caminhado até o oficial de vigia na entrada do celeiro, e eles conversaram com calma.

"Sabe o que aconteceu?", Gwen perguntou à Lacey.

A garota meneou a cabeça. "Tudo o que eles disseram é que tem alguém morto no celeiro. Eles não me disseram quem."

Ela levantou a cabeça e deu à Gwen um olhar assombrado. "O Donny ainda não voltou para casa, sabe. Oh, Deus. Oh, Deus."

Lacey pôs a cabeça entre os joelhos e soluçou.

"Há alguém para quem eu possa ligar para ficar com você? Família ou um amigo?", Gwen perguntou.

Lacey abanou a cabeça. "Ninguém."

Respondida essa pergunta, tudo o que Gwen podia fazer era dar palmadinhas nas costas da garota.

3

ENCONTRADO

Jay chegou alguns minutos depois, conduzindo a van Ford que ele usava para transportar corpos. Ele viu a Gwen quando saiu. Suas sobrancelhas se ergueram e depois um sorriso iluminou seu rosto.

Gwen levantou-se do degrau da frente, limpou as calças e foi cumprimentá-lo.

Lacey ficou onde estava com a cabeça curvada e os braços abraçados aos joelhos. Pelo menos os soluços tinham diminuído um pouco. O oficial encarregado de ficar de olho em Lacey acenou com a mão e apontou para o celeiro.

"O corpo está lá atrás, Sr. Marker."

Gwen juntou-se a Jay quando ele abriu a porta de trás da van e tirou uma maca. Ela queria dar-lhe um abraço, mas o agente estava observando, e a situação deles era... complicada.

Ela tinha conhecido a esposa de Jay, Lauren, quando Gwen e seu marido, Gabe, eram bons amigos dos Markers. Após a morte de Gabe, Gwen tornou-se a estranha solteira do quarteto, e os convites para jantar com Jay e Lauren ou para uma saída à noite diminuíram.

Gwen tinha lamentado a perda da amizade deles,

mas compreendeu a estranheza de um trio com lembranças do Gabe ainda muito presentes. Ela entendeu melhor quando soube que Lauren tinha sido diagnosticada com Alzheimer precoce. Eles tinham apoiado um ao outro — Gwen e Jay — e isso havia se transformado em mais do que uma amizade. Mesmo assim, Gwen se preocupava com o que as pessoas da cidade diriam, apesar de Lauren estar em um lar e não reconhecer seu marido há muito tempo.

"Conhece o falecido?", Jay perguntou à Gwen, inclinando a cabeça na direção do celeiro.

"Nunca o conheci. A garota sentada na escada é minha garçonete do turno da manhã. Ela mora aqui, disse-me há pouco que o namorado dela não voltou para casa ontem à noite."

Jay começou a caminhar em direção ao celeiro, a maca saltando sobre o terreno acidentado. Gwen caminhou ao lado dele.

"Então, eles pensam que o namorado é o corpo no celeiro?", perguntou ele.

"Acho que sim, mas quem sabe, talvez o namorado tenha matado alguém, escondido o corpo no celeiro e fugido."

Jay virou-se para olhá-la. "Isso é possível?"

"Difícil de dizer. Lacey veio trabalhar há uns dias com um olho roxo — isso te diz alguma coisa?"

Chegaram à fita do local do crime e um agente levantou a mão. Gwen conhecia o agente. Ele era um cliente habitual do restaurante.

"Desculpe, Sra. Gwen", o oficial disse. "Apenas pessoas autorizadas para além deste ponto."

"Sem problemas, Mark", disse ela, puxando o nome dele da memória no último segundo.

Mark levantou a fita e Jay, inclinando-se, empurrou a maca por baixo dela.

Gwen desejava ter levado o seu próprio carro e

seguido April. Agora a xerife estava dentro de algum lugar, e Gwen estava presa até poder pegar uma carona de volta. Ela retornou à varanda para esperar ao lado de Lacey.

"Acha que pode ser o seu namorado?", Gwen atreveu-se a perguntar à Lacey, que tinha parado de chorar e estava agora enviando mensagens no telefone.

"Acho que sim", respondeu Lacey com uma voz rouca. "Continuo a mandar mensagens, mas ele não responde."

Gwen não conseguia pensar em mais nada para dizer, então elas apenas esperaram nos degraus, cada uma com seus próprios pensamentos.

Pouco tempo depois, Jay deixou o celeiro e caminhou em direção a elas. Ele usava luvas de látex e segurava algo em uma das mãos.

Era uma carteira, Gwen percebeu, quando ele parou na frente delas.

"Você é a Lacey?", perguntou ele com uma voz suave.

Lacey meneou a cabeça, com as mãos sobre a boca como se estivesse em oração.

Jay abriu a carteira e tirou uma carta de motorista. "Donald Myers, ele é seu namorado?"

Ela acenou novamente, ainda tampando a boca.

Gwen notou o uso que o Jay fez do presente. *Isso significa...?*

"Esse é o Donald?", perguntou ele suavemente à Lacey, mostrando-lhe a foto na carta de motorista.

Ela acenou com a cabeça, mais forte desta vez. As lágrimas jorrando dos olhos dela.

April juntou-se a eles. Ela também usava luvas de látex.

"Lamento muito, querida", disse Jay à Lacey no mesmo tom gentil. "Donald faleceu."

"Donny, Donny, não, não", Lacey soluçou,

abraçando-se mais uma vez e balançando a cada lamento.

"Sinto muito pela sua perda", acrescentou April, entrando no círculo de Jay, Gwen, e Lacey.

Identidade confirmada, Jay virou-se e voltou para o celeiro.

"Tem certeza?", Lacey chorou.

April acenou com a cabeça. "Temos certeza."

"Posso pegar alguma coisa para você?", Gwen perguntou à Lacey. "Tenho Kleenex na minha bolsa. Deixa-me ir buscá-lo."

Quando Gwen voltou do carro de April, lenços de papel na mão, April estava em pé com Lacey, uma mão firme debaixo do cotovelo para apoio. Gwen entregou o pacote de lenços de papel à Lacey, que limpou o nariz e o rosto. A maquiagem que ela havia aplicado cuidadosamente para esconder seu olho roxo tinha desaparecido e o amarelo-esverdeado áspero da mancha escura estava bem forte no delicado rosto de Lacey. Não escapou ao olhar da April. Gwen só queria marchar até o celeiro e chutar o agora indefeso Donny por espancar sua namorada.

"A Lacey vai voltar comigo para o escritório", disse April à Gwen. "Os técnicos da cena do crime devem estar chegando."

"Eu não quero deixar o Donny", Lacey soluçou e tentou se afastar de April.

"Eles vão cuidar bem do Donny", disse-lhe April. "Neste momento, preciso da sua ajuda para descobrir o que aconteceu e quem fez isto." Suavemente ela acrescentou: "É assim que podemos ajudá-lo da melhor maneira agora."

"Você se importa?", April perguntou à Gwen.

"Vai. Eu volto para a cidade com o Jay", respondeu Gwen.

Enquanto Lacey e April se dirigiam para o carro,

April olhou por cima do ombro e deu a Gwen uma piscadela conspiratória.

Gwen esperou e esperou mais um pouco. Ela tremeu no frio do final da tarde, desejando ter pedido o casaco de volta à Lacey. Chegou outro veículo, este contendo dois técnicos especialistas em crimes. Eles notaram brevemente Gwen antes de abrir o porta-malas, tirando o equipamento, e começar a caminhar em direção ao celeiro.

A propriedade estava rodeada de árvores e arbustos. Gwen mal conseguia perceber o estreito caminho de cascalho que conduzia à estrada asfaltada. A casa estava isolada, a alguns quilômetros de Dubois. Ela havia dirigido por esta rodovia inúmeras vezes sem perceber que havia uma casa atrás da tela das árvores.

Em algum lugar no topo de uma árvore, um corvo grasnou. Um pasto cercado de arame corria ao longo do caminho e nele um cavalo de pele de camurça pastava, levantando de vez em quando a cabeça para observar a atividade. Um reboque para cavalos estava estacionado entre a casa e o celeiro, mas o único outro veículo que ela podia ver era o velho sedã Toyota prateado que Lacey levava para o trabalho.

O Toyota não era potente o suficiente para transportar um reboque, e não havia nenhum engate, mesmo que pudesse. Se era Donald Myers no celeiro, então onde estava o veículo dele?

Outra pergunta lhe veio à cabeça. Por que Lacey não tinha pensado em procurar o namorado desaparecido dentro do celeiro antes? Seria porque ela o tinha matado depois de ter batido nela? Ou porque o veículo dele não estava lá e Lacey presumiu que ele não estava no celeiro? Ela tinha trabalhado com a Gwen nas últimas três manhãs e saído às 14h. Sobrava muito tempo sem explicação. O que é que ela andava fazendo à tarde? A que horas Donny costumava chegar em casa?

Gwen tinha visto a carta de motorista do Donald quando Jay a mostrou à Lacey. Ela não o reconheceu pelo vislumbre que teve da foto. Talvez eles não estivessem na cidade há tanto tempo; quase todos no Condado de Fremont passavam pelas portas do Ranchers' Café em um momento ou outro.

O cavalo levantou a cabeça e suas orelhas apontaram em direção ao celeiro. Gwen virou-se para ver Jay entrar pela porta empurrando a maca, agora com um saco de cadáver grumoso e cinzento escuro. Ele parou, disse algo a um dos policiais, e esperou enquanto o oficial entrava na van d Jay e a encostava à fita amarela da cena do crime. Jay empurrou a maca a uma curta distância até ela, abriu a porta traseira do veículo e deslizou a maca e o corpo de Donny para dentro.

Gwen juntou-se a ele, e juntos os três — dois vivos e um morto — dirigiram de volta do caminho sombreado até a estrada.

"Qual é a história?", Gwen perguntou.

"Tiros, um nas costas e outro no olho."

Gwen sentiu um arrepio através dela. "Pistola ou rifle? Ou foi uma espingarda?"

"Não foi uma caçadeira, não tem padrão de projétil. Saberei mais quando o levar de volta para a necrotério."

Gwen visualizou o rosto de Lacey, lembrando qual dos olhos tinha sido ferido.

"O olho esquerdo?", perguntou ela.

Jay virou-se para olhar para ela. "Como sabia?", perguntou ele.

Gwen encolheu os ombros. "Cinquenta por cento de chance", disse ela, mas os seus pensamentos focaram-se no olho esquerdo inchado Talvez Lacey. Foi a última declaração de vingança de Lacey contra o seu namorado abusivo ou apenas coincidência? Ela tremeu.

"Tenho um casaco no bolso de atrás do seu assento", disse Jay.

Gwen olhou entre os bancos, viu o corpo ensacado de Donny, e se virou rapidamente.

Jay sorriu para ela. "Ele não se vai queixar. Mas aqui, deixa-me pegá-lo."

Ele alcançou o assento dela, tirou um casaco de lã e o entregou à Gwen. Ela o envolveu ao redor do corpo, sentindo o cheiro persistente da loção pós-barba de Jay.

Melhor.

O Café, e o carro de Gwen, estava entre eles e a casa funerária. Era confortável estar no carro com Jay, mas não com o outro passageiro, no entanto.

Como se ele lesse a mente dela, Jay disse: "Se você não se importar, vou deixar o corpo primeiro. Preciso refrigerá-lo e depois posso levá-la de volta ao seu carro."

Muito melhor.

4

RETRIBUIÇÃO

DEMORARIA UM POUCO ATÉ GWEN PUDESSE CHEGAR AO seu carro e à sua casa.

Jay estacionou o Ford na grande garagem ligada à casa funerária. Depois ele apertou o controle remoto, fechando a porta da garagem para manter afastados os olhares curiosos. Só depois é que ele foi para a parte traseira da van e puxou a maca. As rodas desdobraram-se por baixo da maca, assim que passaram pelo para-choque da van.

Gwen era o vagão no desfile enquanto Jay passava com o corpo através das portas automáticas e pelo corredor curto até a sala de preparação. A sala estava limpa, os equipamentos, pisos e mesas de metal haviam sido higienizados até brilharem. Ainda assim, o lugar sempre deixava Gwen inquieta. Jay tinha explicado que cada pessoa falecida merecia o respeito oferecido, e a preparação de um corpo fazia parte do ciclo d vida. Mesmo assim, não era nada em que Gwen quisesse pensar.

Ela já tinha dito a Jackie, sua filha, criada com sua própria família em Denver, que, quando morresse, queria ser cremada. Ela havia explicado a Jackie e seu marido que a decisão sobre o que fazer com suas cinzas seria deles. "Enterre-me ao lado do seu pai, se quiser. Só não me coloque em cima da lareira", ela lhes disse.

O sentimento inquietante, porém, não impediu a curiosidade de Gwen sobre o Donny da Lacey.

"Olhou bem para ele?", Gwen perguntou ao Jay apontando para o corpo no saco com zíper.

"Claro, por quê?"

"Estava pensando em como ele era. Quero dizer, depois da Lacey aparecer com o olho roxo, eu tinha uma imagem de um grande brutamontes peludo com uma barriga de cerveja."

Jay olhou para ela e sorriu. "Não é nada disso. Lembre-me de não gastar o meu dinheiro se você tiver um palpite sobre os números vencedores da loteria."

Jay parou numa porta de aço que lembrava a Gwen o frigorífico de uma mercearia.

"Alguém do gabinete da xerife estará aqui mais tarde para observar quando eu o examinar. Eles já se apoderaram do que eu encontrei no bolso dele."

"O que você encontrou?", Gwen perguntou.

"As coisas habituais— chaves, carteira, moedas." Ele fez uma pausa. "E o canto rasgado de um saco plástico com algum tipo de substância nele."

"O quê?", Gwen perguntou, a sua curiosidade foi aguçada.

Jay deu de ombros. "Eu não faço ideia. Ainda quer vê-lo?"

"Sim."

Ele deu-lhe um olhar de julgamento. "Eu posso abrir o saco o suficiente para expor o rosto, mas já te aviso, o olho dele está péssimo."

O pai de Gwen tinha caçado e pescado quando ela era criança e toda a família se juntava para tratar o veado, o peixe e o antílope. Se ela podia fazer isso, então ela poderia olhar para a cara arruinada do

Donny. Ela acenou com a cabeça dando seu consentimento.

Jay abriu o saco do corpo alguns centímetros para que ela pudesse ver. "Só não toque", ele avisou como se precisasse.

Donny tinha sido bonito na vida, com cabelo escuro e um cavanhaque como os populares de agora, com bigode e pelos faciais que se curvavam como parênteses ao redor de sua boca e queixo. Sua pele estava manchada, mas em vida, seu rosto tinha sido magro e seu nariz forte. Havia um buraco onde o seu olho esquerdo tinha estado. Gwen tentou bloquear essa imagem da sua mente. Ele usava uma camisa xadrez e as primeiras marcas de uma tatuagem no pescoço saíam por baixo do colarinho.

"Droga", ela exclamou enquanto o Jay o fechava de volta. "O que você diria, vinte e poucos anos de idade?"

"O documento dele dizia vinte e quatro", disse-lhe Jay ao abrir a porta de entrada do refrigerador e empurrar a maca para dentro.

Gwen tentou se lembrar do que Lacey tinha escrito no seu pedido de emprego na data de nascimento. Vinte e poucos anos também lhe soavam bem.

Jay foi até a pia grande de aço inoxidável e começou a lavar as mãos.

"Quem o alvejou deve ter se aproximado se lhe acertaram no olho", comentou Gwen.

"Pode ser, ou quem quer que tenha sido, era um bom atirador. Havia também um ferimento de bala nas costas entre as omoplatas."

Gwen pensou sobre isso. "Então, acha que alguém se aproximou e atirou nele pelas costas e quando ele se virou, dispararam-lhe um segundo tiro na cara?"

Jay desligou a água e tirou toalhas de papel do dispensador para secar as mãos. "Essa é uma possibilidade. Amanhã vou ter uma ideia melhor.

Costas ou olhos, provavelmente não teria sobrevivido a nenhuma das feridas."

"Quando é que ele foi morto?", perguntou ela.

Jay abriu a tampa da lixeira com o pé e atirou para dentro a toalha de papel. Agora ele estava de frente para Gwen. Mesmo depois de algum tempo num celeiro examinando um cadáver, as suas calças cáqui ainda pareciam engomadas. Jay tinha arregaçado as mangas antes de lavar as mãos e os olhos dela vagaram pelos antebraços musculosos com os seus finos pelos corporais.

"Você é a pessoa mais curiosa que eu já conheci", brincou ele. "Sempre foi."

Gwen deu de ombros e depois tentou parecer ofendida, mas falhou. O que ele disse era verdade.

"Eu só estava me perguntando. Lacey, minha garçonete, trabalhou nos últimos dois dias, desde a abertura até por volta das 14h. Isso deixou muito tempo do dia sobrando." Ela deixou o resto das suas preocupações em suspenso, não querendo pôr em palavras o que ela temia.

"Está pensando que ela pode ter matado o namorado?"

"Eu simplesmente não sei. Ela veio trabalhar há uns dias atrás com um grande olho roxo. Você o viu. O olho esquerdo dela, tal como o de Donny. Além disso, ela tem estado mais nervosa do que um gato selvagem."

Jay foi até Gwen e a abraçou. "Ainda é muito cedo para se preocupar com isso. Agora tenho uma pergunta para você."

"Muito bem. O quê?" Isto ela disse encostada emseu ombro muito quente e masculino, cheirando a qualquer colônia ou desodorante que ele tivesse usado quando o seu dia começou.

"Tem planos para esta noite?", Jay perguntou, com a voz dele rouca.

Ela não tinha.

Jay mantinha um apartamento no segundo andar da funerária. Depois de sua esposa ter sido admitida na casa de repouso, ele tinha vendido a casa da família. Grande demais e muitas memórias, ele tinha explicado à Gwen. Ela sabia exatamente o que ele queria dizer. Depois da morte de Gabe, ela e Jackie tinham perambulado pela casa como duas almas abandonadas. Mais tarde, depois da filha ter ido para a faculdade, Gwen vendeu a casa de 2.500 metros quadrados e comprado uma cabana com metade do espaço. Serviu-lhe perfeitamente.

"Um copo de vinho primeiro", disse Jay a ela enquanto lhe servia uma depois de terem subido as escadas até a casa.

Sentaram-se juntos no sofá, no apartamento dele. Ele mordiscou o lóbulo da orelha da Gwen, passando a língua pelas bordas dos brincos dela. Depois ele desceu até ao pescoço dela. Tremendo com o prazer do seu toque, Gwen desabotoou a camisa dele e deslizou uma mão pelo seu peito, sentindo o batimento do seu coração.

Dez minutos depois, depois do vinho e de uns amassos no sofá, ela ofegou.

"Primeiro, nós dois precisamos de um banho."

Muito mais tarde, após uma hora agradável de amor e um rápido jantar de torradas e ovos mexidos, Jay conduziu Gwen pelas ruas escuras para ir buscar o seu carro onde ainda estava estacionado no restaurante. Ele tinha pedido a ela que passasse a noite com ele, mas ela tinha muito no que pensar, especialmente depois de Jay ter lhe contado que os agentes tinham encontrado um saco com o que suspeitavam ser drogas no bolso do Donny.

Ao preparar-se para dormir, Gwen queria saber se a droga no bolso de Donny poderia ser metanfetamina.

Teria se encaixado com o que ela tinha visto nas notícias ultimamente, sobre as drogas de Wind River Valley. Ela enfiou a camiseta com que dormia por cima da cabeça e rastejou entre os lençóis. Usar drogas podia explicar porque Lacey sempre parecia tão inquieta.

Gwen adormeceu ainda analisando os acontecimentos chocantes do dia.

5

CLÃ ERICKSON

Foi uma surpresa para Gwen na manhã seguinte, quando uma abatida Lacey bateu na porta do Café à hora habitual.

"Entre, Lacey. Deixa-me ir buscar um café para você. Agradeço a sua dedicação, especialmente nestas circunstâncias, mas, na verdade, já chamei a Sarah para te substituir hoje."

"Tem certeza?", Lacey perguntou, mas parecendo aliviada.

"Tenho certeza. Dorme um pouco, cuide do que precisa fazer e pode voltar quando estiver pronta. Mantenha-me informada."

Gwen viu Lacey se arrastar para fora, passando por Sarah que entrava.

Os turistas, assim como os seus clientes habituais, mantiveram Gwen e Sarah ocupadas.

Mais um dia, pensou Gwen, *mais um dia, e depois tenho um dia de folga.* O restaurante ficava fechado às segundas-feiras, e esse dia não podia vir suficientemente rápido.

Quando a multidão diminuiu, os pensamentos de Gwen se voltaram mais uma vez para Lacey, imaginando como ela estava e se a garota iria mesmo querer voltar ao trabalho depois do funeral.

Se ela fosse Lacey, e tivesse matado Donny, fugiria da área e nunca mais ficaria naquela casa isolada fora da cidade. Lacey nunca mencionou parentes ou amigos próximos em Dubois, tornando seus laços com a comunidade ainda mais tênues.

"Sarah", Gwen gritou quando viu a garçonete limpando xarope de uma mesa onde uma família com dois filhos pequenos tinha comido. "A sua irmã ainda está procurando trabalho de meio período?"

"Becky? Não tenho certeza, por quê?"

"Ouviu falar que o namorado da Lacey foi morto?", Gwen perguntou.

"Quem não ouviu", disse Sarah, meneando a cabeça. "Está em todos os noticiários, e todos falavam sobre isso esta manhã."

Gwen estava bem ciente dos rumores; os clientes matinais tinham-na pressionado para obter detalhes enquanto ela reabastecia as suas xícaras de café.

"Faça com que Becky me ligue se ainda estiver à procura de trabalho. Não sei ao certo se a Lacey vai voltar."

"Farei", respondeu Sarah. "Acha que a Lacey não vai voltar porque ela o matou? É o que todos estão dizendo. Há todo o tipo de rumores circulando pela cidade de que estavam traficando drogas. Até ouvi dizer que encontraram um laboratório de metanfetaminas no celeiro atrás da casa."

Gwen não tinha certeza sobre o último boato. Assim que a linha de fofocas da cidade começou, os fatos fizeram brotar apêndices estranhos. Mesmo assim, Jay tinha contado a ela que um saco com algo foi encontrado no bolso do Donny, algo que a polícia suspeitava ser droga. Jay ou April teriam lhe contado se descobrissem provas de que algo ilegal estava sendo fabricado no celeiro?

"Eu te disse que devíamos ter testado a garota à procura de droga", disse Mack à Gwen quando escapou da cozinha para servir uma xícara de café.

Gwen encolheu os ombros. "Tarde demais para isso agora, e quem sabe se a garota vai fugir da área ou voltar para o trabalho."

"Ei Todd, já se deparou com fabricantes de metanfetamina quando andava pela floresta?", Mack perguntou a um homem com uma camisa de uniforme cáqui e calça cargo sentado numa das cabines próximas.

Gwen conhecia Todd. Ele era um investigador do Departamento de Caça e Pesca de Wyoming. Ele também era um cliente habitual. O homem sentado do outro lado da mesa era o seu novo parceiro, Mark.

"Encontrei uma vez um cara cozinhando metanfetamina numa daquelas velhas estradas de fazenda", respondeu Todd. "O carro dele ficou preso na lama quando ele tentou dar meia volta. Que idiota leva um velho Mercúrio por um caminho onde se precisa de tração nas quatro rodas? De qualquer forma, ele estava todo nervoso e você podia sentir o cheiro do solvente quando estava ao lado do carro. Chamamos o xerife, e quando chegaram, descobrimos que ele tinha produtos químicos e recipientes com líquido dentro do porta-malas. Raios, tivemos que chamar uma equipe de descontaminação para levar aquele carro de merda. E você, Mark?", perguntou ele, dirigindo-se ao seu companheiro de café da manhã.

"Encontrei algumas bitucas de maconha aqui e ali, mas nada parecido", respondeu Mark.

Todd continuou: "O que mais encontramos ultimamente é a prova de que caçadores furtivos estão caçando."

Mark acenou com a cabeça. "Vamos apanhá-los, é só uma questão de tempo."

"O que é que eles estão caçando?", Gwen perguntou. "Pensei que isso tinha abrandado."

"Por um tempo diminuiu", disse- Mark. "A nossa agência prendeu quatro homens em Montana há uns meses. Eles estavam abrindo caminho pelas Montanhas Rochosas em direção à fronteira oeste de Yellowstone. Eles tinham carne de caça fora de época no trailer — alces e veados."

Mark continuou. "Ainda no outro dia, conversamos com um proprietário de terras que estava de olho num cervo com um conjunto de chifres grandes e incomuns que ele planejava abater quando a temporada começasse. Mas uma noite ele viu luzes apagadas no pasto e foi dar uma olhada. Encontrou homens abatendo uma dúzia de veados, incluindo o cervo que estava de olho".

"Merda, então eles estão sob custódia agora?", Mack perguntou, os braços musculosos cruzados sobre um avental manchado de gordura.

"Não. Eles foram embora. O proprietário anotou o número da placa, mas descobriu que era de um caminhão roubado. Pelo que sei, não foram presos."

"A patrulha acirrada parou a caça furtiva?", Sarah perguntou, juntando-se a eles.

"Por dois segundos, talvez. Estamos retomando", disse-lhes Todd. "Mark e eu estamos patrulhando desde as quatro da manhã. Nada, mas vamos apanhá-los ainda."

Depois do almoço, Gwen passou uma hora no escritório do restaurante atualizando a contabilidade e preparando os depósitos bancários. Ela trancou o saco com os depósitos no cofre para abrir na terça-feira já que o banco fechava ao meio-dia no sábado.

Antes que ela percebesse, Marilyn, a gerente noturna da Gwen, estava batendo no batente da porta do escritório.

"O pessoal da noite está todo aqui se você estiver pronta para ir embora", disse ela à Gwen.

"Quase pronta", respondeu.

April tinha convidado Gwen para jantar, e ela estava ansiosa por isso. April e Rod Erickson tinham três filhos, um no ensino médio, um no ensino fundamental e um ainda na pré-escola. A casa era cheia de barulho e movimentação, e Gwen estava feliz tanto pelo barulho quanto pelas atividades, e depois pelo sossego de sua casinha com o jardim arrumado nos fundos.

Antes que isso acontecesse, Gwen precisava de ligar para Lacey. Ela havia tirado o pedido de emprego do arquivo mais cedo, perguntando-se se a garota listara algum parente, mas a única pessoa de contato era o agora falecido Donald Myers. Ela discou o número do celular da Lacey. Ninguém respondeu, por isso Gwen deixou uma mensagem pedindo que ela ligasse. Ela pensou em passar pela casa de Lacey, mas tinha prometido a April que estaria na casa deles às cinco e meia, e ainda precisava fazer a salada de batata

———

"Hum", disse April à Gwen enquanto ela levantava a folha de alumínio que cobria a tigela da salada de batata. "Quando decide cozinhar, faz- sempre as melhores coisas .""Mãe, estou faminto", choramingou Phillip, juntando-se a elas na cozinha.

"Está sempre faminto", disse April ao filho de 15 anos. "E fique longe da geladeira — o seu pai está quase terminando os hambúrgueres."

"Estou morrendo de fome, já está pronto?", Sven, o

filho de 13 anos disse, ecoando a choradeira do irmão enquanto entrava na cozinha.

" Adolescentes", bufou April. "Eu juro, posso encher dois carrinhos de supermercado, e em menos de dois dias, eles esvaziam uma geladeira inteira. Vão lá para fora, vocês dois, e vejam se o pai de vocês está pronto."

"Olá, tia Gwen", disse o mais novo, Marcus, abraçando-a.

Rob e April eram ambos altos e Gwen notou que até Marcus, de 8 anos de idade, estava quase na altura do ombro dela.

"Você também, garoto", April ordenou ao filho mais novo. "Vá lá para fora e vê como está o seu pai. E aqui, leve um prato para os hambúrgueres."

"Às vezes eu te invejo", disse uma April sorridente à Gwen. "Eu queria uma filha como a sua Jackie e olha com o que acabei... três filhos. São vinte e quatro horas por dia de comida, equipamentos desportivos fedorentos, luta livre na sala e mais comida."

Gwen riu. "Com garotas são risadas, roupas e drama feminino. Ah sim, e namorados."

April colocou pratos e talheres no balcão. "Ainda não estamos muito envolvidos em namoros, mas o Phillip passa um tempo exagerado preparando-se no banho."

Eles tiraram condimentos da geladeira e abriram latas de feijão cozido.

"Tentei ligar para Lacey esta tarde, mas só dá caixa postal. Sabe se ela ou o Donny têm família por aqui?", Gwen perguntou, quebrando o seu silêncio agitado.

"Não sei quanto a ela, mas um cara ligou hoje para o escritório dizendo que era irmão do Donald."

"Perguntando sobre o que aconteceu?", Gwen sondou.

April virou-se para Gwen, e os seus olhos azuis se

estreitaram. "Ele queria saber principalmente se estávamos com a caminhonete, o reboque e as chaves do celeiro de Donald, e quando é que ele podia recolher as coisas do irmão."

Gwen remoeu isso por um minuto.

"Então, ele não perguntou o que aconteceu com o irmão? Isso seria a primeira coisa que eu perguntaria."

"Rapidamente, só para perguntar se temos suspeitos, mas a maior parte foi sobre a caminhonete e o reboque. Aparentemente, o irmão não aprovava a Lacey. Ele afirma que a Lacey fez Donald usar drogas."

"E o irmão sabe disto por que vive perto?", perguntou Gwen.

"Algum lugar em Idaho, diz ele", continuou April. "Lacey, ela ainda está trabalhando para você, certo?"

"Acho que sim. Pelo menos até ela me dizer o contrário. Eu disse a ela para tirar o tempo que precisasse."

"Encontrou alguma prova de que ela está usando drogas, como metanfetamina?"

"Nunca a vi tomando nada, mas ela efica inquieta como se não suportasse ficar parada."

April olhou pela janela e viu Rob espetando a carne para tirá-la da grelha. "Antes de sermos atropeladas por uma manada de machos esfomeados, tenho que perguntar. Você e o Mack exigem um teste de drogas antes de contratarem pessoas para o restaurante, não é?"

"Não, apesar de termos tido um cozinheiro que chegou bêbado há algum tempo atrás, e pedimos aos polícias da cidade para fazer um teste de bafômetro. Depois o Mack o demitiu."

"Pode ser uma boa política a ser implementada, a começar por aquela Lacey", disse April quando Sven abriu a porta de vidro de correr para o seu pai.

"Mack disse a mesma coisa."

"Um parceiro inteligente você tem aí. Conversaremos mais tarde", disse April rapidamente a Gwen, enquanto a manada faminta entrava atrás de Rod.

6

DESAPARECIDA

No dia seguinte, depois que o movimento do café da manhã de domingo diminuiu, Gwen tentou novamente falar com Lacey. Desta vez, ela só ouviu uma mensagem anunciando que sua caixa postal estava cheia.

Merda.

Havia ainda a questão de saber se Lacey estaria no trabalho na terça-feira. Se não, ela precisaria encontrar alguém para ajudá-la com o turno da manhã.

Ela também estava preocupada coma garota. E se a Lacey, sobrecarregada com a perda da única pessoa que ela tinha listado como família na sua ficha de emprego, tivesse tido uma overdose? Será que o irmão do Donald não gostava tanto dela que iria até a casa deles tentar lhe tomar os seus bens? Gwen tinha certeza que tinha sido Donny quem tinha deixado Lacey com o olho roxo. O irmão também era violento? Até onde iria o irmão para receber o que achava que lhe era devido?

Ela pensou em levar o seu "eu" magricela de 1,60 m e quarenta e nove anos de idade à casa de Lacey, para garantir que o irmão não machucaria Lacey, mas isso não parecia ser a mais inteligente das ideias. Mesmo que Gwen não fosse atacada, ela sabia que April provavelmente a prenderia só por ter tomado uma decisão tão tola.

O que fazer?

Marilyn chegou cedo, dizendo que precisava de mais horas de trabalho, então Gwen pôde sair ao meio-dia. A sua casa estava limpa, e o jardim não estava totalmente desperto do inverno, então ela foi para a oficina na parte de trás da garagem. A primeira coisa que Gwen fez foi ligar o aquecedor elétrico da parede para aquecer o pequeno espaço. Em seguida, ela tomou um lugar na velha mesa de trabalho encontrada anos atrás em uma venda de garagem, pegou ferramentas e suprimentos de suas gavetas e começou a amarrar novas moscas de pesca.

O seu falecido marido, Gabe, adorava pescar com mosca. No início, Gwen juntou-se a ele para passar tempo com seu novo marido, mas ela começou a amar o esporte tanto quanto Gabe. A filha deles também gostava de pescar, pelo menos até Jackie se transformar numa pré-adolescente alienígena. A família — Gabe, Gwen e Jackie — explorou rios e riachos ao longo do Parque Yellowstone. Era uma ótima maneira de relaxar no fim de semana, e foi terapêutico para todos eles depois que Gabe foi diagnosticado com o câncer que o roubaria de sua família.

Lançar uma linha através da superfície da água também tinha sido a sua salvação depois que Gabe se foi. Gwen sentia-se mais ligada a ele na beira do rio com o sol se inclinando sobre o céu e inalando o cheiro do ar puro e fresco. Com maio se aproximando, era hora de sair de novo para a água.

Gwen perdeu-se na intrincada tarefa de fazer as moscas e verificar o equipamento de pesca. Só quando o estômago dela roncou e ela olhou para relógio que percebeu que já passava das quatro da tarde e que ela tinha trabalhado muito além da hora do almoço. Ela colocou as moscas que terminou na caixa de equipamento, limpou tudo e entrou para preparar um sanduíche.

Enquanto ela comia, Gwen tentou o telefone de Lacey outra vez. Ninguém atendeu e o caixa postal ainda estava cheia. Ela pensou novamente em dirigir até a casa e bater na porta de Lacey, mas depois teve uma ideia melhor.

———

"Eu me perguntava como você estava", disse Jay quando atendeu o telefone.

Gwen não falava com ele desde sexta-feira. Não que eles telefonassem um ao outro todos os dias, mas eles trocavam mensagens de texto regularmente. Com o trabalho, o jantar em família na April e a absorção da tarde na preparação para a temporada de pesca de verão, ela não o tinha procurado.

"Tenho tentado contactar a Lacey, mas ela não atende o telefone. Estou preocupada. Ela já falou com você sobre os planos do funeral do namorado?"

"Ainda não. Já terminei o exame do corpo de Donald Myers. O gabinete da xerife queria que fosse rápido, e os negócios por aqui estavam lentos, por isso consegui fazê-lo no sábado à tarde. Espero que eles liberem o corpo para o enterro em breve."

"O que é que encontrou?", Gwen perguntou.

"Nenhuma surpresa sobre a causa da morte. Ferimentos de bala. Os delegados vão providenciar um exame dos fragmentos da bala. Parece uma vinte e dois, mas eu não sou o perito. Mandei sangue e tecido para o Gabinete de Investigação de Wyoming. Vão analisá-los à procura de drogas e do que mais o gabinete da xerife precisar."

"Então, eles não saberão por um tempo se ele estava drogado ou bêbado?", Gwen perguntou.

"O teste do álcool vai demorar uns dias. Qualquer outra coisa levará entre três e quatro semanas, dependendo de quão ocupado o laboratório está. Espere um minuto, tenho uma chamada na outra linha que preciso atender."

Gwen ouviu uma música de espera enquanto Jay atendia a outra chamada.

Todos em Wyoming sabiam algo sobre armas de fogo. Ela não caçava, mas sabia que, embora uma .22 fosse boa para atirar em um animal pequeno, não seria sua primeira escolha de arma em situações em que uma pessoa pudesse encontrar uma cascavel, um lobo ou um urso enquanto caminha ao ar livre. Ela se perguntava se a bala .22 vinha de uma pistola ou de um rifle. Isso poderia oferecer uma pista sobre a intenção e o atirador.

"Estou de volta", disse Jay, voltando à linha. "Disse que estava tentando contactar a Lacey?"

"Sim, por quê?"

"Bem, foi ela que acabou de ligar."

Gwen sentiu um pouco da preocupação que tinha carregado nos ombros sumir. "Ótimo, isso significa que ela deve estar bem. Ela telefonou sobre os planos para o Donald?"

"Sim, queria saber quando é que a xerife ia libertar o corpo."

"O que você disse?", perguntou ela.

"Disse que fiz a minha parte e assim que a xerife der a autorização, podemos prosseguir com os planos funerários."

Gwen comentou: "Eu ouvi dizer que ele tinha um irmão. Ele já te contactou?"

"Um irmão? Ninguém me disse nada sobre a família. Suspeito que a namorada ou o gabinete da xerife tenha entrado em contato com eles. De qualquer forma, a Lacey quer se encontrar comigo para falar sobre os preparativos. Eu disse a ela que estava livre agora, se fosse uma boa hora para ela aparecer. Ela respondeu que vinha já para cá."

"Preciso falar com ela", disse Gwen, despejando os restos do sanduíche no lixo. "Estarei aí em dois minutos."

Seis minutos se passaram antes que Gwen entrasse no estacionamento da casa funerária de Jay. Teriam sido cinco, mas ela tirou um tempo para colocar brincos, passar uma escova no cabelo e um pouco de blush nas bochechas antes de sair de casa. Gwen estava sentada no átrio falando com Jay quando Lacey chegou.

Todos os maneirismos nervosos que Lacey tinha demonstrado anteriormente haviam desaparecido. Em seu lugar havia uma triste letargia. Ela se moveu em direção a eles como se tivesse medo que o chão se movesse de repente sob seus pés e a engolisse. Gwen tinha sentido o mesmo depois da morte de Gabe, como se a terra debaixo dos seus pés pudesse inesperadamente transformar-se em areia movediça.

O cabelo de Lacey estava despenteado, as pontas roxas emaranhadas. O hematoma em volta do olho tinha desaparecido, mas as olheiras tinham ficado ainda mais escuras.

Lacey levantou uma mão para cumprimentá-los quando parou na frente deles, mas não disse nada.

Jay, sempre o diplomata com anos de experiência em lidar com pessoas no pior momento de suas vidas, levantou-se e colocou um braço em volta dos ombros da frágil jovem . Ela se virou para o ombro dele e chorou.

Gwen não tinha certeza do que fazer. Ela se levantou e foi dar palmadinhas nas costas de Lacey. Jay falou calmamente com a garota, mas Gwen não conseguiu entender as palavras. Depois de um tempo, os soluços diminuíram.

"Desculpe", disse Lacey a Jay, recuando ao ver as manchas na camisa dele onde as lágrimas dela tinham caído.

"Não se preocupe com isso", disse ele, sorrindo gentilmente para ela. "Parte do processo de luto." Num tom mais solene, ele disse a ela: "Se estiver pronta, podemos ir ao meu escritório e falar sobre o que você quer que seja feito pelo Donald. Mas primeiro, a Gwen gostaria de falar com você por uns minutos. Tudo bem?"

Lacey acenou com a cabeça e virou para ela os mesmos olhos tristes de cachorrinho que haviam convencido Gwen a contratá-la.

"Sente-se, por favor", disse Gwen, apontando para uma cadeira.

Lacey sentou-se e cruzou as mãos no colo. Gwen empoleirou-se na cadeira ao lado dela e colocou uma mão no antebraço fino de Lacey.

"Mais uma vez, quero dar as minhas condolências pela sua perda."

Lacey acenou com a cabeça, os olhos focados no chão.

"Tem alguma família ou amigos para ajudá-la?", Gwen continuou.

Lacey meneou a cabeça.

"E o Donald? Ouvi dizer que ele tem um irmão."

Com isso Lacey levantou a cabeça para olhar diretamente para Gwen, dando-lhe um olhar confuso. "O Donny não tem irmão."

Gwen inclinou-se para trás na cadeira. "Ouvi dizer que o irmão dele contactou o gabinete da xerife."

Ela não disse à Lacey que a razão do irmão para os contactar era para saber como obter as coisas da vítima. Se este irmão não gostava da Lacey, talvez tenha sido essa a razão de sua negação. Exceto que... o irmão não precisaria ter conhecido a Lacey para não gostar dela? Ela desejou ter perguntado à April o nome do irmão.

A surpresa genuína de Lacey convenceu Gwen que a garota não estava mentindo quando ela negou a relação familiar.

"O Donny não tinha um irmão", repetiu Lacey.

"Mas talvez o Donny não te tenha falado..."

"Ele não tinha um irmão!"

"Está bem então", disse a Gwen, deixando de lado o assunto. "O que eu preciso perguntar, e peço desculpa pelo momento, é se ainda está planejando voltar ao trabalho? Não tinha certeza se você planejava ficar por aqui. Se não, preciso encontrar alguém para ajudar."

"Sim, estou voltando", disse Lacey enfaticamente.

"Posso arranjar alguém para trabalhar no seu lugar até..." Gwen acenou com uma mão para o escritório de Jay e para as salas de observação além dele... "depois do funeral, se precisar de tempo." O que ela não falou foi da possibilidade de Lacey poder ser presa se fossem encontradas provas que a incriminassem.

Desta vez, os olhos de cachorrinho tinham desaparecido. "Eu estarei no trabalho na terça-feira. É quando volta a abrir, certo?"

"Sim, terça-feira."

"Eu preciso do trabalho", explicou Lacey suavemente. Ela enxugou as lágrimas.

"Ótimo, nos vemos na terça-feira de manhã", disse Gwen movendo-se para ficar de pé.

"Obrigada", disse Lacey com uma voz suave.

"Por nada."

Jay estava observando as duas de dentro do seu escritório. Quando Gwen se levantou, ele saiu para se encontrar com elas. "Pronta?", ele perguntou à Lacey.

Lacey virou-se para Gwen. "Eu não sei o que fazer."

"O Jay pode te ajudar com as suas perguntas", disse Gwen e virou-se para ir embora.

"Gwen?", Lacey chamou com um tom de voz simples.

Gwen virou-se para trás.

"Vai estar aqui depois que terminar, sabe?", Lacey voltou a olhar para o escritório de Jay e para as salas além.

"Eu vou esperar por você", respondeu Gwen.

7

CRIANÇAS ÓRFÃS

Jay e Lacey ficaram no escritório dele com a porta fechada por um longo tempo. Enquanto ela esperava, Gwen folheou as revistas empilhadas na mesa de centro. Os eventos atuais nas revistas de notícias estavam há muito desatualizados. Ela finalmente escolheu uma revista regional com histórias e fotos coloridas da vida selvagem do Wyoming.

Ela estava lendo uma receita de chili de feijão branco quando, finalmente, a porta do escritório se abriu. Lacey parecia tão magra e suja como antes, mas agora havia uma expressão determinada em seu rosto.

Jay recolheu documentos da impressora que tinha sido devolvida à vida enquanto Gwen esperava. Ele bateu a pilha na mesa da recepcionista para alinhar as páginas, grampeou um canto e entregou o pacote a Lacey.

"Aqui está a especificação dos custos dos quais falamos. Aceitamos cheque, cartão de crédito ou podemos combinar pagamentos, o que você preferir".

"Vou pagar em dinheiro", disse Lacey, pegando os documentos. "Se estiver tudo bem?"

Gwen, que estava ouvindo, ficou animada.

Quanto custa um funeral agora? O de Gabe custou mais de 5 mil dólares, e isso foi há anos.

Além das contas médicas da sua doença, as despesas funerárias tinham reduzido as suas economias. O seguro de vida de Gabe tinha ajudado, mas demorou alguns meses até que a papelada estivesse pronta e ela recebesse os fundos. Onde Lacey, que Gwen sempre pensou que vivia a um salário de distância do despejo, encontrou dinheiro suficiente para pagar um funeral? Donald tinha um cofre escondido em algum lugar? O dinheiro poderia ter sido um motivo para o assassinato, além do abuso doméstico?

Enquanto Gwen esperava Jay e Lacey terminarem, ela inventava desculpas em sua cabeça para manter a conversa com Lacey curta: ela tinha coisas para fazer em casa, tinha que encontrar um amigo; ou uma desculpa verdadeira: que estava com fome, exausta, e só queria ir para casa ler e dormir cedo.

Agora, ela estava curiosa, não só sobre o porquê de Lacey querer falar com ela, mas também sobre o suposto cofre de dinheiro para pagar o funeral. Deus ajude, a sua curiosidade de gato estava mais uma vez enfiando a cabeça peluda no seu cérebro.

Do lado de fora da casa funerária, o sol pairava baixo no céu e o ar estava gelado.

"Está com fome?", Gwen perguntou à Lacey.

"Um pouco", respondeu ela. "Não tenho tido muito apetite desde, bem, você sabe."

"Há um restaurante aqui perto que serve uma saborosa sopa francesa de cebola e pão caseiro. Isso soa bem?"

Lacey concordou e seguiu Gwen pela rua até o restaurante.

Junto com os fundos inexplicáveis, Gwen estava curiosa sobre a negação de Lacey de que Donny tinha um irmão. Ela também se perguntava o que April tinha dito a Lacey sobre a investigação do assassinato do Donny.

E quanto ao rumor de um laboratório de metanfetamina no celeiro onde Donny morreu? Tantos quebra-cabeças para resolver.

No restaurante, Gwen e Lacey pediram sopa. Gwen acrescentou uma salada ao seu pedido. Lacey pediu batatas fritas. Depois que a garçonete saiu, Gwen colocou uma pata na piscina de curiosidades.

"Os delegados estão dizendo alguma coisa sobre suspeitos da morte do Donny?", Gwen perguntou.

Lacey tomou um gole de água, o líquido ondulando em sua mão trêmula. Ela franziu a testa para Gwen. "Eles me fizeram muitas perguntas ontem."

"Os investigadores?"

"Sim."

"Que tipo de perguntas?", Gwen indagou.

Lacey estava com uma expressão sombria no rosto. "Perguntas como pensam que fui eu... que matei Donny."

No escuro, pouco antes de Gwen cair no sono na noite anterior, o mesmo pensamento tinha lhe invadido a mente. Fazia sentido, o olho roxo era a prova de que eles tinham brigado. Gwen lembrou-se de como Lacey estava nervosa antes do corpo ser encontrado. Isso, juntamente com as drogas e toda a violência que veio com ela. Além disso, a .22 era uma pistola pequena que uma mulher poderia carregar.

Lacey e Donny não estavam em Dubois há muito tempo. Ele pode ter feito um inimigo localmente, mas será que estavam na cidade há tempo suficiente para que a raiva desse inimigo apodrecesse o suficiente para matar? Fabricar, vender e usar drogas certamente traria má companhia para a mistura.

"Acha que fui eu, não acha?", Lacey sibilou.

Gwen percebeu que estava revirando a

possibilidade há tanto tempo em sua mente que Lacey assumiu que Gwen considerava isso verdade. Culpada da acusação.

Lacey atirou o guardanapo em cima da mesa e começou a se levantar.

"Lacey, por favor, não vá embora", disse Gwen, alcançando-a. "Só fiquei surpreendida por te estarem te acusando, só isso."

Era uma pequena mentira, mas ela não conseguia controlar para onde os seus pensamentos vagueavam durante as primeiras horas da noite.

Lacey sentou-se de novo. Gwen não tinha certeza se Lacey aceitara sua resposta ou se foi porque a garçonete estava colocando as tigelas de sopa fumegantes na mesa, perfumadas com caldo de carne temperada, cebolas douradas e pão de queijo derretido.

"Estou supondo", disse Gwen depois da comida ser servida e a garçonete ter saído, "que a xerife deve ter descartado você já que você não foi presa".

"Depois de terem me acusado, eu disse a eles que não falaria mais nada sem o meu advogado. Eles me deixaram sair depois disso."

Gwen teve de admirar a jovem . Ela duvidava que tivesse a presença de espírito para parar o interrogatório, embora os culpados não pedissem sempre um advogado nos programas de televisão?

"Quem acha que queria fazer mal ao seu namorado?"

Lacey pôs os dedos nos lábios e Gwen viu diferentes emoções dançarem no seu rosto. Finalmente, Lacey deu de ombros, pegou uma batata frita e mergulhou-a numa piscina de ketchup.

"Eu não sei", respondeu ela.

Gwen pensou o contrário. Lacey estava escondendo alguma coisa. Especialmente depois de ter dito ao Jay que tinha dinheiro para pagar o funeral.

Ela usou sua colher para cortar um pedaço do queijo e do pão, pegou uma colherada da sopa e levou-a à boca. Mastigando, ela pensou, *poderia muito bem entrar em águas mais profundas.*

"Ouvi pessoas dizerem que encontraram drogas com Donny." Ela tomou uma segunda colherada cheia de sopa e deixou a frase pendurada no ar.

"O Donny não usava drogas. Nem eu.", isso Lacey disse enfaticamente.

Gwen deixou o silêncio rolar.

Lacey falou primeiro. "Ouça, normalmente não saio contando sobre a minha história pessoal, mas sei o que as pessoas estão dizendo e não, bem, não quero que pense que estamos metidos nessa merda."

Lacey colocou uma mecha de cabelo atrás de uma orelha e respirou fundo. "O Donny e eu nos conhecemos num orfanato. A minha mãe tinha problemas. Ela bebia muito. O meu pai, bem, eu nunca o conheci. De qualquer forma, o Serviço de Proteção à Criança me levou depois da mãe e um dos namorados dela terem discutido e a polícia veio e viu o estado da casa. Eu revezei entre a casa da minha mãe e a casa de diferentes famílias adotivas desde os meus sete anos. Finalmente, o juiz disse que bastava e tirou os seus direitos. Não vejo minha mãe desde que eu tinha uns doze anos.

"Eu conheci o Donny quando ele veio morar no meu último lar adotivo. Estávamos quase atingindo a maioridade. "Sabe, puf...", ela estalou os dedos... "você faz dezoito anos e está por conta própria. Donny, ele era como eu, entrando e saindo do orfanato a maior parte da sua vida. Ele é... era, quero dizer." Na mudança de tempo verbal de Donny no presente para Donny no passado, Lacey pressionou um guardanapo nos olhos.

Gwen pensou que ela poderia chorar, mas depois de

um minuto Lacey colocou o guardanapo de volta no colo e continuou.

"Donny fez 18 anos antes de mim. Ele alugou um apartamento em Casper, e quando eu fiz dezoito anos, me juntei a ele. O que estou tentando dizer é que os nossos pais eram bêbados e viciados em drogas. Odiamos droga, odiamos a forma como estragou a vida deles e a nossa. Nenhum de nós se envolveria depois dessa porcaria."

Havia mais coisas sobre Lacey e Donny do que Gwen imaginava. Ela achava que Lacey estava dizendo a verdade, mas ainda havia o pedaço de plástico no bolso dele e o dinheiro inexplicável. Ela mudou de assunto.

"Então, você e o Donny vieram para Dubois de...?"

"Não viemos diretamente aqui."

"Que tipo de trabalho Donald fazia?", Gwen perguntou.

"Criar gado, agricultura, colocar cercas, qualquer trabalho que fosse necessário."

Elas comeram o resto da refeição em silêncio. Isso deu a Gwen tempo para pensar, e Lacey precisava de comer.

Lacey estava escondendo algo sobre quem ou por que Donny foi assassinado. Donny poderia ter guardado segredos da Lacey. Não teria sido a primeira vez que um parceiro escondia más ações da pessoa que eles diziam amar. *Os filhos de alcoólatras e viciados não eram propensos a se tornar viciados? E o homem que dizia ser o irmão do Donny?* Estas perguntas precisavam de respostas, mas teriam que aguentar mais um dia.

"Me ligue se precisar de alguma coisa, e nos vemos na terça-feira de manhã", disse Gwen à Lacey depois de terem terminado, e Gwen pagou a conta.

8

───────

DILUÍDA

FIEL À SUA PROMESSA, LACEY BATEU NA PORTA DO CAFÉ na terça-feira às 5h40 da manhã.

"Parece que tinha razão", Mack resmungou, quando Gwen foi deixar Lacey entrar.

Na maioria dos dias, Gwen e o Mack chegavam pouco depois das 5h00. Nesta terça-feira, como sempre, Gwen serviu duas xícaras de café para eles e sentou-se ao lado de Mack no balcão. Ele estava trabalhando no horário do pessoal de cozinha para a próxima semana, mas parou quando Gwen deslizou sentando-se em um banquinho de balcão.

"Então, a sua cunhada Xerife já resolveu o homicídio?", Mack perguntou.

Gwen esfregou o pescoço, tentando resolver os problemas. "Ainda não, mas eu jantei com a Lacey no domingo à noite. Ela às vezes parece rasa, mas há mais nela do que eu pensava."

"Como em...?", Mack perguntou.

"Ela disse que ela e o Donald eram órfãos, conheceram-se num dos seus lares adotivos. Sabia que depois de uma criança adotada fazer 18 anos, eles saem do sistema?"

"Maneira difícil de saltar para a idade adulta",

respondeu Mack, colocando a sua xícara de volta no pires.

"Sim, um dia tem um telhado sobre a cabeça e comida para comer. Depois cantam parabéns pelo seu 18º aniversário e *"boom"*, você está na rua."

"Saí da escola para o Exército", disse-lhe Mack, reunindo o horário em que estava trabalhando. "Grande salto, mas pelo menos eu tinha uma cama e três refeições. Vejo muitos jovens ficando por conta própria muito cedo. Às vezes é demais para se lidar, e eles começam a usar álcool ou drogas."

Gwen olhou para o relógio e juntou os copos deles. "Quanto mais conheço a Lacey, menos penso que ela usa drogas ou qualquer outra coisa."

"Não disse que encontraram um saquinho de droga no bolso do namorado morto?", Mack perguntou, enrolando o horário nas mãos.

"A April disse que encontraram algo, mas isso não parece um pouco conveniente demais?"

E não foi a única coisa muito conveniente, Gwen ponderou enquanto levava as xícaras sujas deles para a cozinha.

Houve a chamada sobre um morto de alguém que desligou antes de se identificar. Alguém que tinha acabado de espiar um corpo através de uma janela num lugar onde ele não tinha que estar. Havia um suposto irmão que a Lacey negou. E a Lacey estava escondendo algo, Gwen tinha certeza. Afinal de contas, de onde veio o dinheiro para pagar o funeral?

O hematoma estava quase curado, Gwen notou, quando Lacey voltou da sala dos fundos amarrando um avental em volta da cintura. Ela ainda parecia assombrada, mas havia uma expressão determinada em seu rosto.

"Viu, eu disse que eu estaria aqui", disse-lhe Lacey desafiadoramente.

Gwen gostava dela por aquela faísca. Em algum momento de sua infância difícil, Lacey tinha desenvolvido resiliência.

Será difícil por um tempo, mas ela vai ficar bem.

"Só duvidei por um segundo", respondeu Gwen, sorrindo.

A manhã estava ocupada. Além de seus clientes habituais, os turistas vinham ansiosos para fugir dos confins de suas casas, agora que a neve havia derretido. Mais tarde, na primavera e no verão, mais visitantes chegariam para visitar o Parque de Tetons e Yellowstone. Gwen estava agradecida. Tinha sido um inverno frio e magro e eles precisavam do negócio. Anna chegou às 11h00 para ajudar com o almoço. Gwen foi dizer a Lacey para fazer uma pausa, mas antes que ela pudesse, Lacey se aproximou dela.

"Gwen, você se importa se eu sair um pouco mais cedo hoje?", Lacey perguntou, torcendo o pano com que ela tinha limpado as mesas.

Gwen levantou uma sobrancelha.

"Quer dizer, se precisar de mim, posso ficar, mas tenho de ir buscar as cinzas do Donny e o Sr. Marker disse que tem um funeral esta tarde, às 14h. Não quero, sabe, atrapalhar a família."

Gwen olhou para as mesas meio vazias antes de responder. "Se não estivermos ocupados às 13h, pode ir. Espero que, como tivemos uma multidão tão grande no café da manhã, o almoço possa ser leve."

"Obrigada", respondeu Lacey, ainda torcendo o pano.

Como previsto, eles tinham poucos clientes para o almoço e logo Gwen disse a Lacey para ir em frente e sair a tempo.

"Até amanhã", disse Gwen a uma Lacey distraída. Lacey fez um aceno com as costas da mão ao sair pela porta, e Gwen suspeitou que haveria lágrimas mais tarde. Ela teria de lhe perguntar amanhã se haveria um serviço fúnebre.

A recolha de uma urna de cinzas pode ter respondido uma pergunta que rodeava a cabeça da Gwen. Quanto Jay cobrou pela cremação e por uma simples urna? Muito menos do que o serviço do Gabe tinha custado. Ela teria de perguntar a Jay sobre isso. Não diretamente sobre o custo do funeral do Donald, Jay nunca revelaria detalhes como esse, mas informações gerais. Gwen podia lhe perguntar - isso. Ainda melhor, a Gwen podia convidá-lo para jantar. Isso lhes daria uma oportunidade de pôr a conversa em dia.

———

A quarta-feira começou da mesma forma, exceto que Lacey chegou para trabalhar antes das 5h45 da manhã.

Depois de Lacey ter vestido o avental, Gwen, curiosa demais para esperar mais, perguntou: "Você está planejando um serviço fúnebre para Donald? Eu não tinha ouvido você mencionar nada. Só estou perguntando no caso de precisar de um dia de folga."

Gwen já sabia a resposta, após ter jantado com o Jay. Mesmo assim, ela queria ver o que Lacey diria.

Lacey meneou a cabeça tristemente. "Éramos apenas Donny e eu. Ele não falava com a mãe há séculos, desde que o SPC o levou embora. Eu nem sei onde ela mora. Eu nunca soube o nome do pai dele. Donny o chamava de doador de esperma. Eu já falei com a família adotiva na qual nos conhecemos. A mãe e eu mantemos contato, de alguma forma. Eles disseram que acabaram de adotar um filho novo. Acho que ele é deficiente, esclerose múltipla eu acho, por isso seria difícil para eles viajarem até aqui para um funeral." Ela deu de ombros. "Quem mais tem?"

Gwen pensou novamente em crianças sem vínculos, expulsas de casa e obrigadas a encontrarem o seu próprio caminho. Isso a deixava triste. Seus pais já haviam falecido, mas ela tinha um irmão em Colorado Springs e vários primos. E, é claro, April era da família, assim como sua filha, Jackie, e sua família no Colorado.

"Que tal um sepultamento? Você tem as cinzas dele, certo?"

Com um aspecto sombrio, Lacey prendeu o cabelo escuro com as pontas roxas num rabo de cavalo na parte de trás da cabeça com um elástico.

"Neste momento, não tenho dinheiro para um lote para enterrá-lo. O aluguel vai vencer em breve, e agora sou só eu tentando pagar. O Donny deveria receber o seu último pagamento, mas me disseram que, como não éramos casados, não posso reclamá-lo. O chefe dele disse que teria de ir para o patrimônio dele." Lacey deu uma gargalhada afiada. "Se não posso pagar um lugar para enterrar a urna dele, com certeza não posso pagar um advogado para lhe pedir o último cheque."

"Eu sei que já mencionei isto antes, mas ouvi dizer que o irmão do Donny contatou a xerife para reclamar os pertences do Donald", disse Gwen. "Você disse que ambos estavam em lares adotivos. Pode haver um irmão com quem ele tenha perdido o contato?"

Lacey estreitou os olhos e disse decisivamente: "Como eu disse antes, Donny era filho único. Se há algum meio-irmão do lado do pai, então nenhum de nós sabia disso".

Um cliente entrou, a campainha pendurada na porta anunciando sua chegada. Um casal chegou em seguida e então mais clientes esfomeados foram entrando. Quaisquer outras perguntas que a Gwen tivesse se perderam na manhã ocupada.

Quando Gwen chegou em casa naquela tarde, ela ligou para April.

"Como você está?", April perguntou.

"Como sempre", respondeu Gwen. "Ocupada no trabalho e depois estou na cama antes das nove."

"Emocionante", April riu. "Soa muito como a minha vida apenas com mais papelada."

"Não se esqueça dos garotos", acrescentou Gwen.

"Claro, como posso esquecer o barulho e o, 'ei, mãe, o que tem para o jantar'. Mas eu não gostaria que fosse de outra forma." April suspirou daquela maneira feliz e exausta que as mães fazem. "Como está a garota Lacey?"

Gwen a informou sobre os últimos dias e depois disse: "É a minha vez de perguntar. Como está o caso?"

"Jay submeteu as amostras de tecido ao nosso laboratório forense para verificar se havia drogas. Os testes toxicológicos levam tempo, por isso nada voltou ainda. Recuperamos os fragmentos de balas. O laboratório estatal os está testando e a correndo os dados através de diferentes bases de dados para procurar uma correspondência. Também ainda não sabemos nada sobre isso."

"Ainda está olhando para a Lacey como uma possível suspeita?", Gwen perguntou.

April fez uma pausa e respondeu: "Ela ainda está no nosso radar, mas eu tenho reservas."

"Eu também", concordou a Gwen. "Eram apenas os dois, e parece que eles se preocupavam um com o outro, mesmo levando em consideração o olho roxo. Além disso, era preciso o pagamento de ambos para pagar as contas. Qual é o motivo?"

"O olho roxo seria um pra mim", respondeu April. "Mas tem razão, parece uma reação exagerada, e, claro, não sabemos a história toda."

"E pelo que eu já vivi com a Lacey, é mais provável que ela se feche do que se revolte."

"Concordo", respondeu Abril. "Mas eu já me surpreendi antes."

Após examinar esta parte do caso sem chegar a nenhuma conclusão, Gwen mudou de direção. "Você terminou de analisar o que estava dentro do saquinho no bolso do Donald?"

"Metanfetamina", respondeu a April.

Gwen pensou nisso por um minuto. A metanfetamina era comum na área, e os boatos ainda especulavam se Donald fabricava drogas no celeiro. Antes que ela pudesse fazer a pergunta, April continuou. "O estranho é que a metanfetamina tinha uma eficácia incrivelmente baixa. Tinha sido diluída, e muito."

"Com o quê?"

"Leite em pó para bebês", disse April com um snifo.

"Fórmula em pó? Isso parece, não sei, bizarro." Gwen não queria examinar muito de perto a dinâmica familiar de cozinhar metanfetamina e depois ter uma lata de leite em pó à mão para dilui-la.

"Não é assim tão incomum", continuou April. "É um dos vários agentes que encontramos adicionados às metanfetaminas e não é o mais perigoso. Já vi de tudo, desde talco a fentanil. O que é incomum é a proporção. Tanta diluição, não daria muito euforia."

"Acha que o Donald descobriu isso, pediu o dinheiro de volta e levou um tiro?"

"Esse pode ser um cenário. Poderia também ser alguém que quisesse armar contra ele, mas não quisesse usar muito do seu fornecimento de drogas para isso. Eu te digo, Gwen, muito disto não faz sentido."

"Como assim?"

"Fizemos uma busca na propriedade, casa e celeiro, mas não enconcramos nenhuma outra droga ou parafernália. E, apesar dos rumores, não encontramos nenhum equipamento ou material de fabricação de drogas. Depois, há a chamada anônima, reportando um cadáver. Você viu a casa deles, afastada da estrada e rodeada de bosques. Parece ser uma área por onde alguém passaria sem motivo?"

"Não. Perguntou ao autor da chamada sobre isso?"

"Não consigo encontrá-lo. O telefone que ele usou era descartável, e não conseguimos localizar quem o comprou. Mais uma coisa, e você tem que manter isto em segredo."

"Sem problema, sabe que nunca falo o que você me diz em particular", garantiu-lhe Gwen.

"Bem, encontramos muito sangue velho no celeiro. Algumas manchas parecem ter sido limpas, mas também encontramos algumas mais novas escondidas debaixo do feno solto."

Gwen estava segurando o telefone entre o ombro e a orelha enquanto andava pela cozinha preparando algo para comer. À menção do sangue, ela afundou na cadeira da cozinha. O seu estômago revirou, e ela pensou que poderia vomitar. Que diabos Lacey e Donny estavam tramando?

"Não era humano", acrescentou April.

As náuseas de Gwen se acalmaram um pouco.

"Algum tipo de animal. Ainda estamos testando para ver de que tipo."

"Alguma carne?", Gwen perguntou. O Wyoming era um território de caça selvagem. Não era incomum para os locais limpar veados, alces, cervos e outros animais em suas garagens ou celeiros. "Não é época de caça agora. Pode ser do outono passado?"

"Difícil de dizer. Pode ser que tenham limpado um veado ou algo no final da temporada. Num celeiro não aquecido, o sangue congelaria e ainda pareceria relativamente fresco na primavera seguinte."

"Normalmente, os caçadores limpam o sangue e as outras coisas quando acabam, não o enterram debaixo do feno. Assim, não atrairá animais e quem sabe o que mais", acrescentou Gwen.

"Sim."

Não houve respostas sobre quem matou Donald, apenas mais perguntas. Ela e April conversaram um pouco mais sobre temas mais agradáveis e então encerraram a ligação.

Gwen levou sua comida para a sala de estar e jantou enquanto via televisão. Ela ligou para Jay e eles conversaram por um tempo. Depois disso ela foi para a cama, os olhos mal conseguindo ficar abertos.

9

VADIANDO NO ESTACIONAMENTO

A quinta-feira começou da mesma forma que a maioria das manhãs: Lacey chegou, os clientes chegaram, e o cheiro de bacon cozido e café preencheu encheu o ar. A maneira nervosa de Lacey estava hoje em plena exposição. Gwen teria suspeitado de TDAH, Transtorno de Déficit de Atenção e Hiperatividade, exceto que ela tinha visto a imobilidade absoluta de Lacey ao concentrar-se. Gwen tinha percebido que a inquietação era o estado normal de Lacey, e o seu verdadeiro estado de espírito podia ser calculado nas diferenças em relação a essa norma.

Hoje, o seu nível de inquietação era alto: transportar pratos sujos antes que o cliente pagasse no caixa, ficar num pé só e depois no outro enquanto esperava receber um pedido, encher de novo as xícaras de café, estremecer sempre que um veículo passava pelo terreno de cascalho.

"Precisa de uma pausa, Lacey?", Gwen perguntou depois de ver Lacey trocar de um pé para o outro e suspeitar que ela talvez precisasse ir ao banheiro.

"Não, obrigado. Eu estou bem", disse-lhe Lacey, um sorriso apertado no rosto.

Pouco antes da multidão do almoço começar a

chegar, Gwen percebeu que uma Lacey de rosto pálido estava observando um jovem encostado no para-lamas do seu carro. Não havia nada de estranho nele. Ele vestia um jeans azul e uma camisa de flanela, que era roupa padrão no Wyoming. Puxado sobre sua testa estava um boné com o logotipo de um agronegócio local. Ele parecia relaxado, exceto pela maneira proprietária como se encostava no carro dela.

Lacey ficou de pé para poder observar o homem, mas longe o suficiente da janela para que ele não pudesse vê-la.

Gwen foi falar com ela e lhe perguntou: "É alguém que você conhece?"

Lacey saltou de susto, depois começou a limpar uma mesa já imaculada.

"Lacey?"

Com um estalar raivoso no pulso, Lacey jogou o pano do bar em direção à cafeteira que ocupava uma boa parte do espaço do balcão .

Ela se virou para Gwen, cruzou os braços sobre o peito e sussurrou: "Ele é um dos amigos de Donny. Passaram por aqui ontem à noite para pedir emprestado a caminhonete dele e o reboque."

"Você emprestou?", Gwen perguntou.

"Diabos, não. Eles eram amigos do Donny, não meus, e eu não confio neles. Além disso, as coisas do Donny não são mais minhas para emprestar ou para que eles peguem emprestado. Agora, aqui está um deles tentando me intimidar para deixá-los usar a caminhonete. Sabe o que eu acho? Acho que se lhe desse as chaves, nunca mais veria a caminhonete do Donny ou o reboque."

Os clientes começaram a chegar para o almoço, a garçonete de turno da noite entrou e Gwen analisou o homem que foi se sentar em um caminhão estacionado a dois lugares depois do carro de Lacey. Ela também pensou, enquanto esperava pelos clientes, sobre o suposto irmão que tinha ido ao escritório da xerife para recolher os pertences de Donny. Quando teve um minuto livre, ela entrou no escritório dos fundos para fazer uma ligação.

"Xerife Erickson", April anunciou ao responder.

"Olá, April, é a Gwen. Lembra quando você disse que o irmão do Donny veio à delegacia pedir ajuda para recolher as coisas dele?"

"Eu lembro."

"Tem um sujeito à porta do restaurante rondando o carro da Lacey. Ela disse que ele é um dos amigos do Donald. Pediram emprestado a caminhonete e o reboque dele ontem à noite e ela tem medo que eles os levem e desapareçam. Tem uma descrição deste suposto irmão?"

"Eu não falei com ele. Me dê um minuto, e eu pergunto por aí. Eu já te ligo."

A multidão do almoço veio, pediu, comeu, pagou e saiu.

No descanso entre um serviço e outro, Gwen ficou na cozinha e comeu o bolo de carne especial.

Por volta do meio-dia, outra caminhonete entrou no estacionamento e estacionou ao lado do homem que tinha ido se empoleirar no capô do carro de Lacey. Eles conversaram por alguns minutos, depois a "babá do capô" deslizou para o banco do passageiro da segunda caminhonete, e eles foram embora. Trinta minutos depois, eles voltaram. Parecia que estavam comendo e bebendo alguma coisa, as portas da caminhonete abertas para o ar da primavera. Durante todo o tempo, eles observavam as pessoas se movimentando dentro do restaurante.

Vendo que os homens não tinham intenção de ir embora, Gwen mandou Lacey servir as mesas longe das janelas enquanto ela servia as que estavam mais próximas.

Gwen podia ter pedido ao Mack para ter uma conversa com eles sobre vadiar no estacionamento, mas Mack estava de folga hoje. Chuck estava n a grelha esta manhã, e embora fosse robusto e disposto, ele estava na casa dos sessenta e a Gwen não queria colocá-lo nessa posição.

Finalmente, April ligou de volta. "Falei com a nossa despachante de plantão no dia em que o irmão do Donny veio. Ela está de folga hoje, mas fui buscá-la e passamos por aí. Os rapazes estavam sentados na caçamba, então ela não pôde ver bem. Deixa-me apenas deixá-la em casa, ela tem de levar um dos filhos para uma consulta médica, e eu volto para cá. Não posso fazer muito, exceto afugentá-los se não estiverem incomodando ninguém, mas posso parar e perguntar se estão com problemas mecânicos."

"Eu tenho uma ideia melhor", disse-lhe Gwen. "Lacey e eu saímos daqui uns minutos. Normalmente, eu fico para fazer a contabilidade. Acho que hoje seria um ótimo dia para pescar um pouco. O meu jipe está estacionado nos fundos. Lacey e eu podemos sair pela porta de trás sem que eles percebam. Posso levá-la para casa, ou se ela quiser, ela pode ir pescar comigo por um tempo. Mais tarde...não sei. Vou ver o que ela quer fazer."

"Boa ideia. Mande-me uma mensagem alguns minutos antes de saírem, e eu passo por aqui para perguntar se eles estão com problemas no carro, para te dar alguma cobertura. Será um bom momento para eu aprender mais sobre esses dois."

Gwen explicou o plano de fuga a uma Lacey aliviada. Quando Gwen mencionou a pesca, ela ficou surpresa ao saber que Lacey estava ansiosa para acompanhá-la.

"Eu conheço um bom lugar para pescar trutas no Wind River", disse-lhe Gwen. "Tenho equipamento extra que pode usar; não consegui que a minha filha se interessasse depois que ficou mais velha."

"Uma das minhas famílias adotivas gostava de acampar e pescar", explicou ela. "Eu sempre gostei de estar ao ar livre. E o meu pai adotivo me ensinou a limpar os peixes", acrescentou ela e depois sorriu para Gwen. O sorriso era uma raridade, e impulsionou a crença de Gwen de que os duros golpes da vida tinham dado resiliência à garota.

Apesar de toda trama, o plano de fuga não foi necessário, afinal. Quando April estacionou o carro de patrulha no estacionamento, os dois homens tinham ido embora.

"Merda", disse-lhes April quando entrou. "A placa do veículo deles estava lamacenta da primeira vez que passei, por isso não consegui ver claramente da estrada."

Gwen ainda se sentia cautelosa. Ela vasculhou o estacionamento e depois elas saíram pela porta dos fundos, andando entre as lixeiras e a parede do restaurante até o jipe de Gwen. Lá dentro, Lacey jogou-se de modo que sua cabeça ficou debaixo da janela. Ela ficou assim até se aproximarem da casa de Gwen.

Quarenta e cinco minutos depois de chegarem à casa de Gwen, elas estavam no seu lugar favorito próximo ao Wind River, amarrando moscas nas suas linhas de pesca.

"Bonito aqui fora", disse Lacey à Gwen enquanto elas caminhavam até a água.

A fileira de salgueiros ao lado da água exibia uma nova folhagem verde. Gwen respirou fundo, o ar fresco com aroma de terra quente e sálvia.

"O meu falecido marido encontrou este lugar", disse-lhe Gwen. "Difícil de alcançar a menos que saiba para onde está indo." Ela atirou a linha por cima da água. Lacey seguiu o exemplo, andando ao longo da margem na direção oposta para que as suas linhas não se emaranhem.

Durante algum tempo, apenas o rodopio agitado da linha e o borbulhar do riacho que passava enchiam o ar.

"Peguei um", veio um sussurro rouco enquanto a vara de Lacey se curvava em direção à água.

Gwen agarrou a rede e foi ajudar a capturar o peixe.

"Apostou que tem cerca de três quilos", disse Gwen enquanto enfiava a truta na rede.

"Jantar", sorriu Lacey.

Gwen achou que ela parecia tão diferente neste momento feliz, mais jovem e mais doce.

Lacey limpou o peixe e o embalou no cooler de gelo que Gwen tinha trazido. Elas continuaram a pesca com mosca por mais algum tempo, mas nenhuma delas teve sorte. Quando Gwen olhou para o relógio, eram quase cinco e meia. Um arrepio se insinuava com o crepúsculo; o inverno ainda tinha um pouco de controle sobre o tempo.

Quando encontrou Lacey, Gwen viu que já tinha prendido o gancho na vara e estava indo em direção ao jipe. Gwen a seguiu.

"Eu trouxe uma garrafa térmica de chá quente. Sanduíches também", disse Gwen a Lacey depois que elas arrumaram o equipamento e subiram no veículo.

"Chá quente parece ótimo", disse Lacey, rangendo os dentes.

Gwen ligou o jipe para aquecê-lo enquanto Lacey servia o chá em canecas. Sentaram-se em um silêncio amigável durante algum tempo, saboreando os sanduíches e vendo os salgueiros balançarem com a brisa.

"Obrigado, Gwen, por isto", disse Lacey depois de

um tempo, indicando o cenário do lado de fora da janela , "e por todo o resto".

"Por nada, Lacey."

"Quer dizer, bem, Donny e eu não tivemos muita sorte com a forma como crescemos. Pelo menos, podíamos confiar um no outro. Agora, eu não..." Lacey tomou um gole de chá; as mãos dela enroladas em volta da caneca para absorver o calor.

Gwen deixou a frase inacabada de Lacey no ar. O que a Lacey disse a seguir apanhou-a de surpresa.

"Acho que o Donny estava envolvido em algo antes de morrer. Algo pelo qual ele poderia ter problemas."

Gwen, com o sanduíche a meio caminho da boca, virou-se para encarar Lacey.

"Drogas?", perguntou ela.

"Drogas não, nunca drogas", disse Lacey enfaticamente.

Como se o tempo pescando, relaxando e apenas estando ao ar livre a tivessem libertado, a história veio à tona.

"Puta merda", disse Gwen quando Lacey terminou. O que ela tinha escutado, o que Lacey lhe contou, virou tudo o que Gwen sabia do avesso.

O nervosismo de Lacey quando Donny desapareceu, o homem que dizia ser seu irmão, o sangue no celeiro, o olho roxo de Lacey. Ela sabia o que precisava ser feito, mas será que Lacey — alguém que tinha aprendido quando criança que os adultos não são confiáveis — estaria disposta se unir a ela?

"A minha cunhada..."

"Xerife Erickson", Lacey interrompeu.

"Sim, a xerife. Ela precisa ouvir isto. Você entende, não é?", Gwen perguntou.

"Eu quero, pelo Donny."

Lacey começou a tremer de novo, então ela colocou os braços finos em volta de si mesma. Gwen aumentou o aquecedor no máximo. Do lado de fora do jipe, as sombras se aprofundaram. Logo ficaria escuro. Homens à caça da Lacey estavam em algum lugar por aí, e estavam muito longe para pedir ajuda se fosse necessário. Gwen pôs o jipe em movimento.

10

REVELAÇÃO

"Isso explica muita coisa", disse April depois que Gwen a contactou pelo celular e a informou sobre o que Lacey havia lhe dito. "Acha que ela está disposta a falar conosco? Onde raios está ela, afinal?"

"Aqui mesmo, do meu lado. Estamos no meu jipe. Estávamos no lugar de pesca preferido do Gabe. Estamos voltando para a cidade agora."

"Oh Deus, Gwen. Com aqueles sujeitos à espreita? Passe o telefone para a Lacey para que eu possa falar com ela."

Lacey falou enquanto a Gwen conduzia. Agora que ela sabia o que estava acontecendo, todos os faróis que se aproximavam brilhavam sinistramente, e ela se preocupava com quem se escondia no escuro, fora do alcance da luz. Tinha sido divertido antes, sair sorrateiramente do restaurante sem que os dois homens que tinham feito o carro de Lacey de refém as vissem.

Não admira que a Lacey estivesse muito nervosa, sabendo o que ela sabia agora. As luzes de Dubois estavam à frente. Gwen queria ligar para Jay, mas Lacey ainda estava com seu telefone.

Lacey tirou o telefone do ouvido e perguntou à

Gwen. "A xerife perguntou se você sabe onde mora Todd McPherson, ele é o guarda-florestal."

"Diga que sim."

Mais um minuto de conversa entre Lacey e April.

"Ela quer que nos encontremos com ela na casa do guarda-florestal. Ela está ligando para ele agora."

Aliviou parte da tensão de Gwen de que elas não teriam de dirigir pela cidade. O desvio para a casa de Todd ficava na periferia da cidade, e elas estavam se aproximando rapidamente.

Alguns minutos depois, Gwen ligou a seta, fez uma curva à esquerda e subiu uma estrada de asfalto que logo se transformou em cascalho. Por fim, eles viraram na entrada da casa de Todd.

Quando saíram do veículo, April já estava estacionando atrás delas. Belo sincronismo. Depois de contar a sua história duas vezes, Gwen receava que Lacey se recusasse a repetir a história muitas outras vezes.

Para melhorar, as primeiras palavras que saíram da boca do Todd quando ele as convidou para entrar foram: "Querem um café?"

Quando o grupo se acomodou e o café foi servido, o sócio de Todd, Mark Paterson, juntou-se a eles. Gwen sentou-se ao lado de Lacey no sofá para lhe oferecer apoio, se necessário, mas principalmente para impedir Lacey de saltar em direção à porta. Essa era uma possibilidade real, ela podia sentir Lacey tremendo ao seu lado.

"Está fazendo a coisa certa tanto para o Donny quanto para você", Gwen sussurrou para Lacey, dando-lhe uma palmadinha no joelho.

"Espero que sim", respondeu ela com um sorriso fraco.

"Obrigado por ter vindo, Lacey", começou April. "Estes são Todd McPherson e Mark Paterson. Eles são investigadores de Pesca e Caça do Wyoming. Apenas conte a eles o que me contou."

Lacey respirou fundo e a própria Gwen conseguiu sentir ela se enrijecendo.

"Donny não teve muito trabalho este inverno, sabe, com o frio, a neve e tudo. Ajudei o máximo que pude, mas as coisas estavam apertadas. Ele tinha trabalhado no verão passado para alguns fazendeiros. Ele me disse que tinha conhecido amigos lá... o John, eu me lembro, era um. Não me lembro se ele alguma vez disse o apelido. De qualquer forma, ele saiu com o John e outro amigo algumas vezes a trabalho. O Donny não me disse muito sobre o que fazia, mas eu também estava ocupada trabalhando no restaurante."

De forma sombria, Lacey olhou à sua volta para as pessoas reunidas na sala.

Acenos encorajadores ao redor responderam ao olhar.

"Às vezes ele chegava tarde em casa, mas eu tinha que me levantar cedo, então estava dormindo quando ele voltava."

"Continue", disse Todd, encorajadoramente.

"O Donny não gostava que eu ou qualquer outra pessoa entrássemos no celeiro. Era por isso que ele o mantinha fechado. Ele costumava pendurar a chave no gancho dentro da nossa porta dos fundos. Um dia eu estava com um pneu furado no meu carro. O Donny tinha saído, por isso peguei na chave e destranquei o celeiro à procura de um daquelas ferramentas, sabe, em forma de cruz."

O grupo concordou com a cabeça, mas ninguém falou. Gwen notou que todos eles se inclinavam para frente, certificando-se de ouvir cada palavra da história de Lacey.

"Quando abri a porta e liguei a luz, descobri um grande alce eviscerado pendurado num gancho de uma das vigas. Meu Deus, já vi uma caça abatida antes, mas me deparar com isso assim, de repente, me assustou."

"Quando foi isso?", Todd perguntou.

"Era março, final de março."

"Fora da época legal", declarou o seu sócio, Mark. "Você disse que um dos nomes era John?"

"Sim."

"Pode descrevê-lo?", Mark perguntou.

"Eu só vi o John uma vez. Nenhum deles chegou a entrar em casa. Ele só parecia um trabalhadoro normal de rancho: cabelo castanho, barba desalinhada como se não a tivesse feito durante alguns dias, mais alto do que eu, mas a maioria das pessoas é. Nada diferente sobre as roupas, jeans como a maioria das pessoas usa.

"E o segundo sujeito?", Mark indagou.

"Aquele que nunca vi de perto, nem sequer sei o nome dele. Como eu disse, eu normalmente estava na casa ou na cama quando eles passavam por aqui."

Todd virou-se para Mark. "Quem eram os caçadores furtivos que prendeu em Montana?"

"Jake Bryant e Robert McConnell. Eram eles que dirigiam as operações. Não me lembro de haver um John."

"Estes dois podem ser novos", supôs Todd.

"Pode ser", acrescentou Mark.

"Continue", disse o Todd à Lacey. "Perguntou ao seu namorado o que ele estava fazendo?"

Lacey usou ambas as mãos para tirar os cabelos do rosto e depois manteve os dedos bem apertados contra as têmporas. "Não de imediato. Eu sabia que ele ficaria zangado comigo por olhar para dentro do celeiro, especialmente porque ele confiou em mim a chave pendurada num gancho junto à porta dos fundos."

Gwen queria saber se a discussão tinha incluído os punhos de Donald. Isso explicaria o olho dela. Lacey esfregou o olho esquerdo como se confirmasse a suspeita da Gwen.

"E depois?", Todd perguntou.

"Eu estava na cama uma noite, há cerca de um mês, quando ouvi o Donny voltar com o reboque. Uma caminhonete o seguia. Eu sei que havia duas pessoas lá dentro porque eu podia ver a silhueta de duas cabeças quando Donny encostou o reboque na porta do celeiro e os faróis dele iluminaram a caminhonete.

"Acendi a luz da varanda de trás e saí para ver o que se passava, mas o Donny marchou até a casa e me disse para voltar para dentro e fazer uns cheeseburgers para ele, então eu fiz."

"Não olhou pela janela?", perguntou o outro guarda-florestal.

"Não. Tive de ir ao banheiro me vestir. Depois fritei os hambúrgueres de Donny e liguei a cafeteira. A cozinha fica no lado oposto do celeiro. Quando acabei, eles já tinham ido embora. Perguntei a Donny o que estava acontecendo", ela continuou, "mas ele só disse que alguns caras precisavam armazenar algumas coisas no celeiro por alguns dias, e não importava o que era. Eu não sei o que aconteceu com a chave do celeiro depois disso".

Isso respondeu à pergunta que Gwen tinha quando o corpo de Donny foi descoberto; por que Lacey não tinha procurado no celeiro quando Donny desapareceu pela primeira vez.

"Posso usar o banheiro, por favor?", Lacey perguntou a Todd.

"No fundo do corredor, primeira porta à direita.", Todd apontou para o corredor escuro.

Todd e Mark falaram calmamente enquanto esperavam que Lacey voltasse. April usou o tempo para mandar mensagens de texto no celular. Gwen desejava voltar para casa.

Quando Lacey voltou e sentou-se, Mark perguntou-lhe: "O Donald foi pago para ajudar os dois homens? Ou cobrou por guardar as coisas deles no celeiro?"

Lacey enfiou as mãos debaixo das pernas enquanto os seus olhos saltavam pela sala, olhando para todo o lado, menos para Mark. Gwen esperava que a garota nunca jogasse pôquer. Ela não podia blefar por merda nenhuma.

"Como eu disse antes, ele me disse para cuidar da minha vida. Acho que ele conseguiu alguma coisa, porque de repente tivemos o suficiente para pagar o aluguel."

"Aconteceu alguma coisa antes do seu namorado desaparecer?", perguntou a April.

"Não de verdade."

"Não de verdade? O que é que isso significa?", April perguntou.

"O Donny queria que nos mudássemos", respondeu a Lacey. "Eu não queria. Nós discutimos."

Ao falar isso, Lacey olhou para a Gwen.

"Por que mudar?", perguntou April.

"Não sei. Disse que precisava encontrar um emprego melhor, mas estava muito nervoso e tal. Eu fui trabalhar e quando cheguei a casa a caminhonete dele tinha desaparecido."

Ninguém disse nada durante algum tempo. Gwen não tinha a certeza se eles tinham aprendido alguma coisa útil.

"E o celeiro permaneceu fechado?", perguntou Todd.

"Sim."

Todd virou-se para April. "Vasculhou o local?"

"Vasculhamos o primeiro andar e volta do local onde o corpo foi encontrado. Uma caminhonete registada em nome de Donald Myers estava estacionada lá dentro e nós também a revistamos. O primeiro mandado de busca não cobriu a casa nem o reboque estacionado na parte de fora. Voltamos ao juiz no dia seguinte para um mandado de busca para cobri-los também."

"Havia um palheiro?", Todd perguntou.

April acenou com a cabeça. "Claro, mas o acesso era por uma escada frágil. A iluminação também não era a melhor lá em cima. Steve, ele é um dos meus ajudantes, subiu para dar uma olhada, mas tudo o que ele viu foram fardos de feno velhos, do tipo retangular, não como eles estão fazendo agora com os fardos redondos. Para ele, parecia que não havia ninguém lá em cima há algum tempo, então ele simplesmente desceu a escada".

"Então, há eletricidade no celeiro?", Gwen perguntou.

Lacey concordou com a cabeça.

April acrescentou: "Ligamos uma lâmpada fluorescente suspensa quando estávamos procurando, para que houvesse energia elétrica. Por quê?"

Gwen estava pensando nos verões de infância quando visitava seus tios no Nebraska. Eles tinham um celeiro grande e seus primos mais velhos tinham lhe mostrado como operar o guincho elétrico montado na parede que era usado para transportar feno e suprimentos até o sótão. Eles tinham se revezado no balde. Para cima e para baixo, eles tinham ido, um sendo carregado enquanto o outro operava os controles que faziam funcionar o ascensor, subindo o guincho da parede e entrando no sótão.

A mente da April deve ter seguido a de Gwen porque ela disse ao Todd: "Estou pensando que precisamos fazer outra busca na propriedade."

"Sim", disse Todd.

"Gwen", disse a April, "pode ir para casa enquanto esperamos pelo mandado de busca."

Virando-se para Lacey, April disse: "Lacey, eu posso processar você..." Ela parou, franziu a testa. "Droga.

Não posso impedi-la legalmente de ir para casa, Lacey, mas acho que o mais inteligente a se fazer é ficar em outro lugar esta noite. Os dois marginais que andam rondando seu carro podem estar só blefando, mas até sabermos quem eles são, é melhor que esteja a salvo. Tem alguém com quem possa ficar?"

Dois pares de olhos, um azul do céu de verão escandinavo, e o outro marrom escuro, pousaram em Gwen.

Gwen suspirou: "Tudo bem, tudo bem. Eu tenho um quarto vago. Pode ficar comigo hoje à noite."

Lacey parecia aliviada.

April disse: "Obrigada."

"Eu tenho uma nova escova de dentes que pode usar. Ganhei do dentista da última vez que fui, mas ainda não a abri. Posso ter alguns pijamas velhos em algum lugar, também. Precisa de alguma coisa da sua casa?"

Lacey meneou a cabeça. "Eu posso usar estas mesmas roupas para trabalhar."

April disse: "Lacey, se a Gwen puder te dispensar um pouco amanhã, gostaria de te levar ao escritório e mostrar umas fotos, para ver se consegue identificar este John."

"Sempre que precisar dela", disse Gwen à April depois de Lacey ter concordado com a cabeça.

Com os planos feitos, Gwen e Lacey seguiram o veículo de April de volta para a autoestrada. Gwen passou pelo restaurante a caminho de casa. O carro de Lacey ainda estava estacionado no estacionamento. Ambas vasculharam a área, mas Gwen não podia ver ninguém vagueando por perto. Mesmo assim, havia apenas um pedaço de lua esta noite e ela não queria descobrir quem ou o que espreitava nas sombras, então elas deixaram o carro no estacionamento.

Em casa, Gwen mostrou a Lacey o quarto de

hóspedes e, em silêncio exausto, comeram tigelas de carne aquecida e macarrão que Gwen tinha cozinhado no dia anterior.

Depois de terminarem, Lacey usou o banheiro enquanto Gwen colocava o peixe que Lacey havia pescado no freezer. Então Gwen apagou as luzes e foi para o quarto dela.

11

CONVIDADA DA CASA

"Ainda bem que não mexeram no carro dela ontem à noite", disse April à Gwen, apontando pela janela do restaurante para o carro da Lacey.

A xerife tinha chegado ao Café pouco antes das dez da manhã, Lacey seguindo-a como um bote atrás de uma lancha.

"Pelo menos não que possamos ver", acrescentou ela, dirigindo-se à Lacey. "Vou pedir a alguém da nossa loja de manutenção para vir olhar debaixo do capô antes de dirigi-lo, só para ter certeza que não colocaram um dispositivo explosivo ou roubaram alguma peça para te deixar encalhada. Fique aqui por uns minutos, Lacey, enquanto eu falo com o chefe."

Marilyn e uma garçonete substituta — Gwen tinha dado a Lacey o dia de folga, antecipando que a xerife precisaria dela — já estavam trabalhando. Gwen disse a Marilyn que voltaria em poucos minutos, e ela e April foram até o escritório de Gwen pelo corredor curto.

"O que é que encontrou?", Gwen pediu à April depois de fechar a porta do escritório para lhes dar privacidade.

"Dois grandes congeladores no sótão atrás de uma parede de fardos de feno", começou ela. "Um estava cheio de pacotes de carne embrulhados. Todd e Mark dizem que provavelmente é carne de caça, mas não podem confirmar se é alce, veado ou urso até que façam testes de laboratório. O outro tinha o mesmo tipo de carne embrulhada, mas também tinha uma cabeça de veado congelada com um conjunto incomum de chifres."

April bocejou e esfregou olhos avermelhados. "Foi uma noite muito longa. Lembra-se daquele velho fazendeiro, vivia no norte em direção a Yellowstone? Aquele que ficou furioso quando um grande veado com um conjunto de chifres irregulares desapareceu da sua propriedade?"

"Eu me lembro", respondeu Gwen. "Alegou que os caçadores furtivos o roubaram. Se bem me lembro, ele encontrou sangue e um monte de tripas na da estrada, mas os caçadores tinham desaparecido."

"É esse mesmo", confirmou April. "Aposto meu próximo filho que aquele que encontrámos ontem à noite no celeiro do Myers, é o veado desaparecido."

As sobrancelhas da Gwen ergueram-se. "O seu próximo filho? Algo que tenha esquecido de me dizer?"

"Grávida? Não. Os meus três são suficientes."

"Mesmo que fosse uma filha?", Gwen brincou, ignorando a negação da April.

"Está bem, se eu pudesse ter a certeza que seria uma filha. Droga, você sabe onde quero chegar."

"Aposto que o Rod está feliz com as notícias", Gwen provocou.

April enrolou um panfleto de jornal e o atirou na cunhada.

"De volta ao que eu estava dizendo", April resmungou enquanto a Gwen gargalhava. "Em cima de uma fila de fardos estava mais de uma dúzia de chifres ainda presos aos crânios. Dois alces, quatro cervos, mais uma dúzia de veados e várias caveiras de antílopes pronghorn."

"Pronghorn com chifres?", perguntou Gwen.

Cervos e alces tem chifres se soltam no inverno após a época de reprodução e que cresciam de novo a cada primavera. Isto era diferente das vacas. Os chifres dos bovinos permanecem presos até a morte ou até serem cortados.

Os antílopes Pronghorn eram únicos. Os machos, e em menor medida as corças, têm chifres permanentes, em forma de lâmina, com uma cobertura de queratina. A queratina forma uma ponta virada para frente, indicativa do nome do antílope. Anualmente, a partir do mês de março, os chifres laminados antílopes começaram a crescer mais do que a sua bainha de queratina. As capas são então trocadas no outono e no inverno, após o acasalamento. Uma vez que o crescimento e o desprendimento das capas são previsíveis, servem de guia quanto ao momento em que o animal foi levado, seja na época de caça permitida em agosto e setembro, seja fora dela.

"Alguns de ambos", disse April.

"Quanto é que os chifres e as galhadas de antílope estão valendo hoje em dia?", Gwen perguntou.

"Algo entre vinte dólares e dois mil, dependendo do tamanhos e das pontas. Claro, se incluir uma cabeça empalhadas e emoldurada, isso aumenta o preço. Eu chutaria de um a dois mil, novamente, dependendo do tamanho e do número de galhos. Acho que o que está no congelador com os chifres irregulares traria um preço mais alto. Isso se eles conseguissem levá-lo ao taxidermista antes que ele fosse danificado pela queimadura do freezer ou pelo degelo", acrescentou ela.

"Ainda assim, tudo poderia ter sido feito de maneira legal, se feito na época certa."

April bufou. "Possível. Mas não é provável, não nessa quantidade,"

Gwen não podia discordar disso.

"A propósito, você estava certo sobre o ascensor do sótão. Estava escondido debaixo de algum lixo, mas nós seguimos os trilhos e o encontramos."

"Então, você apreendeu tudo?", Gwen perguntou.

"Não. O juiz assinou o mandado de busca ontem à noite, mas adiamos a busca até às quatro desta manhã." April bocejou novamente, como se enfatizasse a madrugada.

Gwen esperava ter tido tempo para umas horas de sono.

"Levei alguns policiais uniformizados comigo num carro sem identificação. O Todd também veio. Mark, o outro investigador, foi colocado na floresta junto com outro dos meus adjuntos perto da estrada. Precisávamos ter certeza de que não tínhamos companhia. Fotografamos e inventariamos o que estava lá. O Todd recolheu alguns pacotes de carne para testes e depois saímos de lá. Oh, sim, levámos um técnico de cena conosco. Ela tirou impressões digitais dos congeladores, mas vai demorar alguns dias para processá-las em todas as bases de dados do AFIS. Neste momento, não podemos ligar o assassinato de Myers com os amigos não identificados que Lacey alegou terem trazido os congeladores. Ou com os tolos que roubaram o carro dela ontem no estacionamento."

"Então, até lá, a Lacey precisa de se afastar da casa dela", disse Gwen. "Quanto tempo acha que vai demorar? Quero dizer, qual é o plano?"

"Nós temos algo em andamento. A Lacey pode ter um papel nisso, e eu vou falar com ela sobre isso. Aviso você quando precisar dela."

April foi embora, mas antes de abrir a porta do escritório, virou-se para trás. "Acho que sei a resposta, mas tem câmeras de vigilância aqui fora? Gostaria de dar uma olhada no sujeito que andou rondando o carro da Lacey ontem."

"Desculpa, não."

"Inferno. Por acaso você os viu bem?", April perguntou. "O suficiente para identificá-los?"

"O segundo ficou na caminhonete. A aba estava abaixada, por isso não tive uma visão clara dele. O que perambulava no estacionamento vi melhor, já que pedi à Lacey para ficar na parte de atrás e trabalhei as mesas perto das janelas da frente."

"Você o reconhece?"

"Não, nunca o vi antes, mas eu saberia quem é se voltasse a vê-lo."

Gwen deu uma descrição a April, mas era difícil descrever as nuances que tornavam este homem diferente de todos os outros jovens magros e desalinhados que viviam na área e usavam botas, jeans e camisas de corte ocidental com chapéus com abas.

April lhe deu um sorriso pesaroso. "Sem cicatrizes, tatuagens, algo distinto?"

"Eu me lembro de algumas coisas fora do normal. O cabelo dele era escuro e comprido, para além do colarinho. Na parte de trás, abaixo da parte de baixo do boné, o cabelo estava enrolado como se houvesse algum cacho. E lembro-me quando ele se virou, o sol o atingiu muito bem e eu vi um brilho na orelha dele, como um brinco." Subconscientemente, ela levantou a mão e tocou o seu próprio brinco.

"Esquerda ou direita?"

Gwen pensou por um segundo. "Direita."

———

Lacey ficou com Gwen nos dois dias seguintes. Era um pouco demais na opinião de Gwen, trabalhar junto durante o dia e depois voltar para passar a noite na mesma casa.

Gwen, não mais acostumada com a presença de outro corpo vivo em sua casa, finalmente fugiu para a solidão das moscas amarradas, dos fones nos ouvidos e de suas músicas favoritas tocando no iPod. Lacey tinha aparecido uma vez na porta e, ao notar a expressão irritada de Gwen, fugiu.

"Eu fiz sopa", Lacey anunciou algum tempo depois quando Gwen, esfregando os olhos cansada do trabalho de detalhes, se juntou a ela na cozinha.

"Cheira muito bem", disse-lhe Gwen. E cheirava.

"Obrigada. Encontrei almôndegas no congelador e alho, cebolas e caldo de carne na despensa. Há espinafres novos crescendo no jardim, e eu acrescentei orzo." Lacey serviu a sopa em tigelas e as colocou na ilha da cozinha. "Não é chique, mas..."

"Satisfatório", Gwen completou.

Lacey pegou a colher e depois pousou-a de novo. "Gwen? Eu não quero atrapalhar você. Amanhã, volto para minha casa."

Teria sido o sistema de assistência social que afinara tanto os sentidos de Lacey e de outras crianças abandonadas ao primeiro sinal de rejeição?

"Lacey, você não está atrapalhando. De verdade. É que... não sei... depois da morte do meu marido, a minha casa silenciosa me deixou tão triste. Então um dia percebi que, apesar de ainda sentir falta do Gabe, tinha começado a desfrutar da solidão."

"Quanto tempo demorou isso?", Lacey perguntou. "Até você se habituar a estar sozinha, quero dizer."

"Talvez um ano. O Gabe morreu no meio do verão. Tive um inverno rigoroso e solitário, e um dia percebi que uma nova primavera tinha chegado. Podia sentir o cheiro da terra ganhando vida e ouvir os pássaros a cantar."

Lacey acenou com a cabeça.

"Agora come a sua sopa antes que fique fria."

"Sim, chefe", disse Lacey, fazendo uma saudação falsa à Gwen com a colher.

Elas acabaram de comer e Gwen limpou as tigelas e as colocou na máquina de lavar louça enquanto Lacey guardava o resto da sopa.

"Ouviu alguma coisa da xerife ou do Todd e do Mark?", Gwen perguntou.

April a havia informado antes, mas Gwen queria ouvir de Lacey o que eles lhe haviam dito. Quando Lacey não respondeu imediatamente, ela se virou para encontrá-la com uma expressão sombria no rosto.

"Eu desliguei o meu telefone", disse ela.

"O quê? O quê?"

"Porque eu estava sempre recebendo chamadas do John, o amigo do Donny."

Gwen pousou a toalha que usara para limpar o balcão. "Eu não sabia disso. O que é que ele quer?"

"As coisas deles. Disse que o Donny estava guardando algo para eles. Disse que se eu não entregasse, eu me lamentaria."

"Bem, merda", exclamou Gwen. "Eu me pergunto se o sujeito que andava pelo estacionamento do restaurante no outro dia era o tal John. Nunca mais o vi depois disso, por isso esperava que eles tivessem desistido e saído da cidade."

Lacey encolheu os ombros.

Gwen tinha uma ideia das coisas a que os homens se referiam, mas Lacey sabia?

"Disse à April que ele tem ligado?", Gwen perguntou.

"Como eu disse, eu desliguei o meu telefone."

"Então, nem a April nem os guardas têm falado com você ultimamente?"

Lacey fingiu segurar um telefone e apertar um botão. "Telefone desligado."

Na mesma hora, o celular da Gwen vibrou no bolso dela. Quando ela o tirou, a tela mostrava que a chamada vinha de April.

"Olá", respondeu Gwen.

April respondeu de forma concisa: "Tenho tentado contactar a Lacey, mas ela não responde. Agora a caixa postal dela está cheia. Ela está com você?"

"Aqui mesmo na minha cozinha."

"Ponha-me no viva-voz e lhe entregue o celular."

Gwen obedeceu e Lacey, tendo adivinhado pela reação de Gwen que a xerife estava com raiva, pegou o telefone como se alguém lhe tivesse pedido para segurar uma banana acesa de dinamite.

"Já te liguei uma dúzia de vezes. Por que não me ligou de volta?", a dinamite explodiu na linha.

"Desculpa, eu só, bem, estava recebendo chamadas do amigo do Donny, e não queria falar com ele."

"E por que diabos não me disse isso?"

"Eu não te queria incomodar."

"Jesus Cristo Todo-Poderoso. Suponho que a minha cunhada ao seu lado também não estava preocupada?"

"Acalme-se, April", disse Gwen, pegando o telefone de volta.

Houve silêncio na linha por um minuto, Gwen conhecia bem a April para saber que a mulher precisava de tempo para aliviar a sua raiva. Gwen ouviu ruídos no fundo que soavam como o barulho de rapazes na outra sala.

Numa voz mais calma, April disse: "Tire-me do viva-voz e passe o telefone à Lacey."

"Diga por favor", respondeu Gwen.

"Raios. Está bem. Por favor, coloque a Lacey de volta."

Gwen foi ao escritório de casa enquanto a xerife e Lacey conversavam. Ela normalmente fazia a contabilidade e os pedidos do restaurante depois do turno da manhã, ou quando as coisas estavam calmas. Ultimamente, ela não tinha tido tempo, então hoje ela tinha trazido uma pasta de papelada para casa. Dez minutos depois, Lacey bateu na porta.

"A xerife quer falar com você", disse Lacey, entregando o telefone à Gwen.

"Então, eis o plano", disse April à Gwen, e depois explicou o que elas precisavam fazer naquela noite.

12

ESTRATÉGIA

Já passava das nove horas e estava escuro quando
Gwen, com Lacey afundada ao lado dela no banco do
passageiro, fez o jipe sair da garagem. Gwen já estava
cansada da cabeça aos pés. Tinha sido um longo dia de
trabalho depois de uma curta noite, e mais uma vez já
tinha passado da hora habitual de dormir.

Embora houvesse pouco trânsito nas ruas, Gwen
ainda verificava as ruas laterais e o espelho retrovisor
no caso de estarem sendo seguidas. Lacey permaneceu
abaixada no banco do passageiro, um capuz escuro
sobre sua cabeça. Ela permaneceu assim até entrarem
no refúgio do estacionamento cercado atrás do
escritório da xerife e estacionarem.

April e outro delegado, o mesmo que Gwen tinha
visto no local do crime quando descobriram o corpo de
Donald, as conduziram pelo corredor até a sala de
conferências. Todd e Mark já estavam lá bebendo café
em copos de isopor. Todd tinha uma tablet oficial na
sua frente e estava escrevendo algo quando Gwen e
Lacey entraram na sala.

"É nesse ponto em que estamos", disse April depois
que todos chegaram, as saudações foram feitas, o café
foi servido e as pessoas se acomodaram em suas

cadeiras. "Já temos agentes no bosque ao redor da sua casa, Lacey. Eles vão observar, mas não se moverão até que seja necessário".

April verificou as suas anotações e continuou: "Primeiro, tivemos uma nova revelação. Lacey, vou pedira você que saia da sala por um minuto."

Gwen levantou-se para segui-la. "Pode ficar, Gwen", disse-lhe a xerife.

Depois de Lacey ter fechado a porta atrás dela, April explicou: "Não encontrei nenhum motivo para suspeitar que Lacey esteja envolvida no assassinato de Myers, mas ainda não sei o quanto ela sabia sobre o envolvimento dele, então isso é algo que guardaremos para nós mesmos agora, entendido?"

O grupo à volta da mesa assentiu com a cabeça.

April dirigiu-se a Mark: "Quer nos atualizar antes de continuarmos?"

"Sim", Mark concordou. "Quando o mandado de busca foi executado, eu e o Todd recolhemos uma dúzia de amostras dos congeladores, algumas de cada espécie."

Gwen levantou uma sobrancelha. "Espécie?"

"Pronghorn e veados na sua maioria, alguns alces e cervos. Eles, o caçador ou o processador, tinham convenientemente escrito o nome da espécie, o corte da carne, e a data do processamento no papel do açougueiro em que a carne estava embrulhada".

"Não demoramos muito para catalogar e pesar tudo", acrescentou Todd.

"De qualquer forma", continuou Mark, "começamos a procurar e descobrimos uma pequena marca triangular de lápis ao lado da data de processamento em algumas das embalagens".

"Algo que o açougueiro fez?", perguntou um delegado. "Correlaciona-se à data de matança ou de processamento?"

"Esse foi o nosso primeiro pensamento", respondeu Mark. "Só que a única coisa em comum era que as marcas estavam apenas na carne de caça moída. Como um hambúrguer."

"Sim, hambúrgueres de alce e veado", acrescentou Todd.

"Então notamos que os pacotes marcados com triângulos pareciam irregulares no formato."

"Explique melhor", ordenou April, fazendo uma anotação.

Todd disse: "Normalmente, quando a carne passa por um moedor, o resultado assemelha-se ao formato de saída da máquina, como uma salsicha onde a mistura sai em forma de tubo. Aqui, a carne moída saiu em forma de pão, toda lisa e regular. As embalagens com triângulos desenhados à mão não tinham aquele aspecto perfeito e uniforme".

"Então, passamos alguns dos pacotes pelo scanner", acrescentou Mark.

Os dois guardas florestais sorriram um para o outro.

Gatos de Cheshire, pensou Gwen.

"Desembuche", ordenou April, fazendo um sinal com a mão. "Não temos a noite toda."

"Estraga-prazeres", disse Todd, de forma provocativa, mas sem malícia. "Mark, diga o que descobrimos."

"Embalagens plásticas e com fita adesiva escondidas no meio das que têm triângulos."

"Drogas?", perguntou um delegado.

"Drogas e dinheiro", explicou Mark. "Havia notas grandes, na sua maioria de cinquenta e cem, embrulhadas em maços e congeladas dentro da carne. Nós testamos os pacotes com a droga. Metanfetamina com uma alta porcentagem de pureza. O que eu estou dizendo é que o que encontramos provavelmente veio diretamente do fabricante antes de ser misturado para as vendas de rua. Depois que a droga e os pacotes de dinheiro foram inseridos nos pães, a carne foi alisada, mas não foi um trabalho perfeito. Nossa teoria de trabalho é que eles tinham medo de um ataque, e precisavam tirar o produto e os fundos de onde quer que estivessem guardados". Ele se inclinou para trás na cadeira com satisfação. A cadeira rangeu como se estivesse de acordo.

"E Myers, que suspeitamos que os ajudou a caçar, não tinha antecedentes criminais, mas tinha um belo e isolado celeiro no bosque", acrescentou Todd.

"Com eletricidade para manter os congeladores funcionando", continuou Mark. "Isso até a vítima, por qualquer razão, descobrir o que seus amigos estavam fazendo e querer entrar. Ou talvez ele tenha ameaçado ir à polícia a menos que lhe dessem mais dinheiro."

Um dos delegados deu um assobio baixo. "Quanto é que havia lá, você diria?", perguntou ele ao Mark.

Mark respondeu: "Difícil de dizer. Nós só coletamos uma pequena porcentagem dos pacotes. Havia dois freezers no sótão, ambos contendo pacotes de carne moída, bifes e carne assada. Depois que a carne descongelou, contamos cerca de cinco mil dólares dobrados dentro de cada pacote que confiscamos. Como eu disse, as drogas eram de alta pureza. Eu diria várias gramas enfiadas em cada pacote."

Todd continuou a explicação. "Então, mais de duzentos pacotes foram catalogados, incluindo a dúzia que levamos. Como não sabíamos o significado da marcação triangular até mais tarde, é difícil saber quantos dos que restam nos congeladores contêm drogas e dinheiro."

Mark tomou as rédeas da conversa. "Encontramos dinheiro em três dos doze pacotes aleatórios que confiscamos e um que continha drogas. Isso é um terço.

Usando essa estimativa aproximada, um terço dos cento e oitenta pacotes restantes teria um bônus guardado lá dentro."

Todd trabalhara numa calculadora enquanto o seu parceiro falava. Quando Mark se virou para ele, Todd disse ao grupo: "Um total de sessenta pacotes de carne carregados pelo meu cálculo. Pegue uma média de cinco mil dólares por pacote de dinheiro", ele digitou de novo os números na calculadora. "Claro, o valor de rua da metanfetamina será potencialmente maior depois de diluída e vendida na rua". Ele pensou por um minuto e digitou mais números. "Difícil dizer exatamente, mas estaria entre um quarto e meio milhão de dólares."

"Por falar em bens congelados", comentou um dos delegados.

O riso dispersou-se em volta da mesa.

"Sim, o suficiente para que o nosso supervisor distrital esteja a caminho de Laramie para supervisionar a operação", disse Todd.

"É também um motivo poderoso para assassinato", acrescentou outro agente, batendo com o lápis na mesa. "Mas isso não parece um valor alto? Quero dizer, mesmo tendo em conta as drogas?"

Este também era o pensamento da Gwen. Claro, havia dinheiro na caça furtiva e nas drogas ilegais, mas esse tipo de dinheiro?

"Parece mesmo alto", acrescentou outro agente.

Todd falou: "Mark e eu vimos um aumento aqui no vale tanto na caça furtiva quanto na fabricação de metanfetamina. Esses caras estão na floresta, de qualquer forma, quando estão perseguindo a caça. Eles conhecem o terreno, sabem quem é dono da terra e quantas vezes o proprietário inspeciona sua propriedade. É fácil montar um laboratório de drogas num edifício velho e abandonado. Em algum lugar que não é visitado com frequência pelo proprietário do local. Pense nisso como uma expansão do modelo de negócio do bandido — caça ilegal e metanfetamina".

Isso fez o grupo rir. Gwen ponderou sobre a verdade do que Todd tinha dito. Fazia um tipo de sentido perverso.

"Precisamos encontrar estas pessoas", disse April ao grupo. "Gwen, pode dizer à Lacey para voltar?"

Depois que Lacey voltou e sentou-se em sua cadeira, April lhe explicou as coisas.

"Os nossos agentes não conseguiram identificar este John, amigo do Donny, ou o seu amigo. Eles também podem ser os que estavam sentados no seu carro no estacionamento do restaurante. De qualquer forma, precisamos ter uma conversinha com eles. Você disse que eles têm tentado contactá-la. O que preciso que faça é ques ligue para o celular deles e marque uma reunião. Está disposta a fazer isso?"

"Acha que assassinaram o Donny?", perguntou ela a xerife com um tremor na voz.

"Ainda não temos CP suficiente — causa provável — para fazer uma prisão pelo homicídio, mas como eu disse precisamos ter uma conversa com eles." April então explicou à Lacey o que eles precisavam. "Pode ajudar ou não, a escolha é sua. Eu só preciso saber."

Gwen viu Lacey vacilar. Ela suspeitava que uma parte de Lacey queria vingança pelo assassinato do Donald. *Qual era a outra parte?- Preocupação de que ela estaria envolvida? Ou era medo pela sua própria segurança?*

Enquanto todos esperavam, Lacey, de cabeça baixa, cutucava as suas cutículas. Depois de um minuto, ela se endireitou e olhou a xerife diretamente nos olhos. "Está bem, eu faço." Seu olhar vacilou. "Desde que eu não me machuque."

"Vou me certificar disso", disse April e empurrou o celular de Lacey na direção dela.

Lacey pressionou o botão de energia para ligar o

telefone. Ao lado dela, Gwen observou os avisos de correio de voz e mensagens de texto rolarem pela tela. Lacey gemeu suavemente. Gwen deu uma tapinha em seu braço.

April prendeu um fio ao telefone. Ela ligou a outra ponta a uma máquina que gravaria ambos os lados da conversa. Em seguida, ela e Todd colocaram fones de ouvido ligados ao gravador para que pudessem ouvir os dois lados.

"Encontre uma das mensagens de voz do tal John que disse que continua a te ligar. Vamos ouvir a mensagem, e depois você liga de volta, entendido?"

Lacey assentiu com a cabeça. Ela pegou o telefone, percorreu a tela, clicou, escutou uma mensagem, tomou um gole da garrafa de água que alguém tinha trazido para ela, e apertou "ligar".

Gwen ouviu um, dois, três toques de onde ela estava sentada ao lado de Lacey até que alguém atendeu.

13

ISCA NO ANZOL

"Olá, aqui é a Lacey. Você ligou mais cedo."

Pausa.

"Desculpa, perdi o meu telefone e depois a bateria morreu."

Pausa.

"Eu compreendo. Eu nunca tive a chave. Estava no porta-chaves do Donny, mas agora estou com ela."

Ela olhou de relance para April.

April assentiu com a cabeça.

"Acho que não. A polícia trancou o celeiro depois de levar o corpo de Donny", ela tropeçou um pouco na palavra 'corpo', mas para Gwen isso só fez Lacey parecer sincera. Ela esperava que a pessoa do outro lado da conversa também pensasse assim.

"Acho que não. Quero dizer, a casa parece assustadora, por isso fiquei longe."

Pausa.

"Só uns amigos aqui e ali."

Escutando.

"Não importa quem." Os olhos de Lacey se estreitaram e ela endireitou a coluna. "Não, e se quiser as suas merdas, eu disse que ia te arranjar a chave. Não sei o que está lá dentro, e não me interessa. Já dei o meu aviso de trinta dias, então vou sair de lá no fim do mês, de qualquer maneira."

Houve uma longa pausa enquanto o interlocutor falava.

"Diabos, não, eu não disse nada à polícia. Eles são uns idiotas."

Lacey olhou de relance para April quando disse isso. April mostrou-lhe um polegar para cima.

"Vou demorar alguns minutos para dirigir até lá de onde estou hospedada."

Pausa.

"Como eu disse, eu não quero problemas. Apenas tire as suas coisas e depois me deixe em paz."

Lacey olhou em volta para as pessoas sentadas na mesa de conferência enquanto escutava. Seus olhos brilharam e ela os enxugou com a manga da camisa.

"Muito bem, então. Quarenta e cinco minutos." Lacey endireitou-se na cadeira dela. "E mais uma coisa, vou dizer ao amigo com quem vou ficar que se não chegar em casa pela manhã é para chamar a polícia."

Pausa.

"Você também, idiota", disse Lacey. Ela bateu no ícone de fim de chamada e deslizou o telefone pelo tampo da mesa.

"Desculpe", disse Lacey à April. "Espero não ter estragado as coisas para você, é que ele me deixa tão louca ao me ameaçar daquela maneira."

"Fez bem, Lacey", disse April antes de se virar para os oficiais na sala. "Coloque a escuta em Lacey. Não temos muito tempo. O carro dela já está aqui, numa garagem, e uma câmera foi instalada. Está alterada para que possamos colocar um oficial no porta-malas com acesso rápido através do banco de trás, se necessário.

"Bryan...", ela fez uma sinal a um dos oficiais fardados, "avise o Jackson e o McAlleroy. Eles já estão no local. Vamos pessoal, só temos 30 minutos."

Todos se moveram rápido depois disso. Os agentes levaram Lacey para equipá-la com a escuta para vigilância. Gwen desejava poder ajudar, mas parecia que as coisas estavam sob controle.

"Você vai estar na van de vigilância", April informou-a. "Estará estacionada na estrada, e temos um agente infiltrado que fingirá trocar um pneu caso venham do Oeste. Já temos câmeras na propriedade, e preciso que vigie e veja se quem chega é o mesmo homem que viu rondando o restaurante". April virou-se enquanto eles saíam e apontou um dedo no nariz da Gwen. "E você fica na van, não importa o que aconteça. Eu nunca vou exorcizar o fantasma do meu irmão se algo acontecer com você no meu turno."

"Entendi." Gwen não tinha problemas em ficar aconchegada dentro da van. Deixe os profissionais, incluindo a Xerife April Erickson, tratarem disso.

———

Gwen foi na parte de trás da van. A placa magnética na porta dizia que uma empresa de reparações domésticas. Um oficial, vestido com uma camiseta de manga comprida e jeans, e com alguns dias de barba aparecendo, dirigiu pela rodovia a menos de trinta metros do desvio para a casa de Lacey.

Gwen ficou preocupada em colocar a Lacey numa posição tão vulnerável. Tantas coisas poderiam correr mal com tanto dinheiro envolvido. Será que o John pensava seriamente que a Lacey ficaria calada depois que eles tivessem levado o que queriam? Será que eles suspeitavam que alguém tinha mexido nos congeladores engenhosamente escondidos e no seu esconderijo de carne de caça, drogas e dinheiro? Gwen tinha visto programas de espionagem onde fios de cabelo ou uma fina tira de papel na porta de um quarto de motel eram usados para alertar o espião de que alguém tinha acessado um quarto. Será que os agentes, sem saberem, tinham acionado tal armadilha?

Os agentes já estavam no sótão e ao redor do celeiro, mas e se as balas começassem a voar e Lacey ficasse presa entre os bons e os maus? Ela fez uma pequena oração em direção ao céu para que a garota tivesse senso suficiente para se jogar no chão caso as coisas dessem errado.

"Deixe-me dar a volta, caso precisemos entrar", disse o motorista à Rebecca. O seu parceiro disfarçado estava sentado com a Gwen na parte de trás da van. "Eu vou estacionar atrás do desvio que acabámos de passar e sair como se tivéssemos um pneu furado. Eu aviso quando alguém se aproximar."

"Entendido, Nate", disse Rebecca. Ela, assim como Gwen, vestia jeans e um suéter.

Eles estacionaram, Nate saiu, e Rebecca fechou as cortinas de blackout que separam a cabine da traseira da van. O arranjo não era tão chique como Gwen tinha visto nos programas policiais, mas havia três telas de computador aparafusadas em uma das paredes laterais. Os monitores lançavam a única luz. Outros equipamentos descansavam sobre uma grade de arame e Becca e Gwen estavam sentadas em cima de bancos com rodinhas para facilitar as manobras.

Becca ligou o rádio da polícia. "Vigilância no local. Estou de olho no sótão do celeiro." Um braço saiu de um monte de feno. O dono do braço assobiou e acenou para a câmera. "E áudio."

Rebecca virou-se para o segundo monitor. Aquela tela estava dividida. Um lado brilhava em verde. Gwen reconheceu os objetos como imagens de uma câmera de visão noturna. O outro lado só mantinha formas escuras no mesmo ângulo sem a mira noturna.

"A vista da entrada do celeiro também está funcionando", anunciou ela.

Rebecca ligou o terceiro monitor. Gwen viu o painel de um carro com o painel de instrumentos aceso. A câmera deveria estar montada em algum lugar sobre o espelho ou no teto. Na borda da tela, ela viu a manga de um moletom e uma mão agarrando firmemente o volante. *Lacey*. Gwen ouviu sons suaves e rítmicos e percebeu que estava ouvindo a respiração nervosa de Lacey.

"Eu tenho visual e áudio no nosso IC ", disse Becca, referindo-se a Lacey como a informante confidencial.

"Ótimo", veio a voz da April. Ela soou ofegante.

"Onde está a xerife?", Gwen perguntou à Rebecca.

"Ela está abrindo caminho pelo bosque a partir da estradado vizinho."

"Está muito escuro", comentou Gwen.

"Ela tem óculos de visão noturna", disse-lhe o agente disfarçado. "A chefe vai ficar bem."

"Estou entrando na minha garagem", disse Lacey, trêmula. "Mas eu não vejo ninguém aqui."

"Pare atrás da sua casa e vire o carro para que os faróis iluminem o celeiro", alguém instruiu. "E então espere. Eles virão, tenho certeza. Tudo o que você precisa fazer é entregar as chaves e ir embora. Apenas fique no carro, entendeu?"

"Está bem", sussurrou Lacey.

"Veículo se aproximando", disse Nate do lado de fora da van. "Acabou de passar por nós, mas eles estão desacelerando. Espero que não seja algum bom samaritano querendo me ajudar a trocar um pneu. Espera, não, eles estão entrando no desvio . Alguém já está de olho neles?"

"Afirmativo", alguém respondeu. "Faróis descendo a pista."

"Atenção, pessoal", anunciou April.

Gwen observou o monitor que mostrava a parte da frente do celeiro. O lado de visão noturna explodiu em uma luz ofuscante. Becca clicou no teclado e a outra divisão da tela com sua iluminação natural encheu o monitor inteiro. Uma caminhonete e um reboque apareceram, deram meia-volta e depois desapareceram do alcance da câmera. Apareceram novamente na tela quando o condutor deu ré para que a extremidade do reboque estivesse mais próxima da porta do celeiro.

"Eles estão aqui", sussurrou Lacey.

14

ATAQUE

"Atenção, Lacey", alguém instruiu. "Lembre-se, deixe que venham até você para buscar as chaves."

Em segundos, uma figura apareceu do lado de fora da janela da Lacey. Gwen não conseguia ver nada acima da cintura dele. O homem fez um movimento para Lacey baixar o vidro. Quando ele se inclinou para falar com Lacey, a cara dele apareceu. Gwen reconheceu-o como o homem do lado de fora do restaurante. Ela contou a Rebecca.

"A nossa testemunha ocular confirma que o homem no carro de Lacey era uma das pessoas vistas à porta do seu café", disse Rebecca aos seus co-oficiais pelo do walkie-talkie.

"Onde raios estão as chaves?", perguntou o homem à Lacey, estendendo-lhe a mão.

Clique.

"Bem, diabos, é o Jake Bryant", disse uma voz baixa.

"Quem?", perguntou outra voz, logo acima de um sussurro.

"Jake Bryant, o maldito caçador furtivo de Montana que prendemos há alguns meses."

"Silêncio", exigiu April, com seu sussurro reconhecível.

"Boa menina", disse o John/Jake Bryant à Lacey. "Agora saia do carro."

Lacey disse algo ininteligível. Eles tinham dito a ela para ficar lá dentro. Claramente, ela queria ficar. Houve um ruído de movimento. O som de uma chave girando na ignição.

Ótimo, pensou Gwen, *você lhes deu a chave e agora pode escapar...*

Antes que ela pudesse terminar o pensamento, o braço de um homem entrou pela janela aberta. O som de um punho a bater na carne foi seguido pelo grito de Lacey.

Gwen arfou. O homem tinha acertado Lacey. Eles viram Lacey caída sobre o console entre os bancos da frente do carro.

"Vou matar aquele desgraaçado", exclamou Rebecca.

"Não se eu acabar com ele antes", rosnou Gwen.

"Esperem, todos", sibilou April.

"Saia daí", o homem ordenou a Lacey, tentando abrir a porta do carro. "E destranca a merda do celeiro."

Rebecca falou no rádio. "Pessoal, ele está fazendo a nossa informante sair do carro e abrir a porta do celeiro. Cabeças abaixadas ai dentro."

Um segundo homem, aquele que tinha ficado no banco do motorista da caminhonete, saiu, levantou um carrinho da caçamba e se juntou a Lacey e Jake. Cambaleando e esfregando uma bochecha, Lacey foi tropeçando no caminho até a porta. Ela encaixou a chave no cadeado e, com a ajuda do segundo homem, deslizou a grande porta para um lado ao longo de seus trilhos. Jake empurrou Lacey para dentro enquanto o segundo homem acendia as luzes de cima.

Rebecca clicou no mouse do computador e a vista mudou de modo que dois monitores, com perspectivas diferentes, revelaram o interior do celeiro. A nova visão, a partir de uma câmera alta, capturou uma grande imagem angular do interior.

O primeiro homem apontou para um banco baixo de três pernas, como um banquinho antiquado usado para ordenhar vacas, e disse algo a Lacey que Gwen não conseguiu ouvir. Lacey deu alguns passos em direção ao banco e sentou-se. Ele puxou braçadeiras do bolso do casaco e amarrou os pulsos dela juntos atrás das costas. Então ele pegou uma corda, enrolou o meio dela duas vezes ao redor do pescoço dela, e fez nós corrediços em cada lado da garganta dela. Ele fez um laço numa das pontas e enrolou na viga que fazia parte de um velho estábulo de cavalo e amarrou- como uma provocação. Ele fez o mesmo com a outra extremidade, amarrando-a a um poste do lado oposto. Deixou Lacey no meio com as mãos algemadas e presas como uma mosca na teia de uma aranha.

"Seja uma garota boa e tranquila, e a deixaremos ir quando terminarmos", disse ele a Lacey, tentando soar reconfortante. Para os ouvidos de Gwen, ele falhou. Lacey também deve ter pensado assim; sua cabeça e ombros cederam.

"Xerife", disse Rebecca pelo rádio. "Eles acabaram de amarrar a garota dentro do celeiro. Devemos esperar ou entrar?"

Gwen inclinou-se para o monitor, observando Lacey. Ela esfregou as palmas das mãos suadas nos seus jeans.

"Merda", respondeu April. "Markel, está de olho neles?"

Um clique. Apenas um clique.

"É o agente no sótão", explicou Rebecca a Gwen. "Ele é o nosso melhor atirador."

A xerife sussurrou: "Ele faz um movimento para machucar a garota, você dispara. Entendeu?"

Outro *clique*.

Enquanto Jake amarrava Lacey, o segundo homem foi para o ascensor do sótão, limpando os detritos e a lona que o escondiam.

O ascensor era um mecanismo simples e amplo com piso e laterais de malha metálica. Ele ligou um interruptor de parede e um zumbido suave soou. O homem pisou no chão do elevador e pegou um controlador ligado a um trilho. Usando os controles, ele enviou o elevador para cima pelos dois trilhos paralelos que iam do chão até o teto.

Uma leve pancada na porta traseira da van fez Gwen saltar.

"Deve ser a xerife", disse Rebecca. "Deixa-a entrar, está bem?"

Abaixando-se, Gwen foi até a parte de trás, tateando no escuro para abrir a porta. April entrou. Inclinando-se, foi até os monitores e tomou o lugar que Gwen tinha acabado de desocupar.

"Temos o Johnson na janela. Wade saiu do porta-malas do carro e está posicionado do lado de fora do portão, só por precaução", disse April a Rebecca.

A oficial clicou num botão no segundo monitor e Gwen pôde ver a silhueta do Delegado Wade nas luzes vermelhas do reboque do lado de fora do portão entreaberto do celeiro.

"Suba aqui e me ajude, porra," gritou o homem do sótão ao Jake.

"Se segure aí. Manda a merda do ascensor de volta para mim", respondeu ele.

Ele verificou as amarras de Lacey uma última vez. Depois aproximou-se, agarrou a cabeça da Lacey e puxou-a em direção à sua virilha. Lacey sacudiu a cabeça e tentou se afastar, mas ele agarrou um punhado de cabelos, encostou a cabeça dela contra ele, e mexeu os quadris.

Na van, Gwen resmungou, Rebecca agarrou o

controle do monitor, e April rosnou, "Vou atirar no filho da puta".

"Eu também", disseram Rebecca e Gwen em uníssono, incapazes de desviar o olhar da tela.

"Porra, Jake", o homem do sótão xingou.

"Mais tarde", o homem sibilou para Lacey, a escuta dela captando a ameaça dele e os soluços de Lacey.

Gwen soltou o fôlego quando o homem se afastou de Lacey. Ela estava preocupada com a garota, mas também tinha medo que o homem descobrisse que Lacey estava com uma escuta.

"Xerife?", perguntou uma voz no rádio.

Antes de April poder responder, ou até mesmo decidir se anularia o plano para salvar sua informante, Lacey sussurrou com uma voz tão baixa que mal a conseguiam ouvir.

"Eu estou bem, eu estou bem."

April respirou fundo e ligou o rádio. "Espere até eles estarem longe dela, e termos certeza de que eles estão atrás dos congeladores. Então vamos pegá-los."

As três na van assistiram à descida do elevador, Jake pisou nele e subiu para o sótão.

Rebecca rolou sua cadeira para o terceiro monitor e bateu em uma tecla. A visão foi deslocada para a câmera montada no sótão. O segundo homem empurrou bonecão carrinho para debaixo da borda de um freezer enquanto Jake segurava o outro lado para que ele não tombasse.

Lacey lutou freneticamente. Primeiro, ela se levantou do banco, deslizando as mãos amarradas atrás das costas, e pelas coxas magras.

"Não, espera", sussurrou Gwen, embora Lacey não conseguisse ouvir. *Por que ela não fica quieta? Ela vai se estrangular se escorregar.*

"Mas que raios?", April ladrou. Ela agarrou o walkie-talkie, o polegar pairando sobre o botão de falar. Seus olhos deslocaram-se entre os monitores, uma câmera no sótão e a outra focada na Lacey.

No sótão, o congelador estava sobre o carrinho; Jake enrolou uma corda em volta de ambos para os prender bem.

As três mulheres na van assistiram, congeladas, enquanto a ação se desenrolava. Gwen colocou as mãos sobre a boca. Rebecca sentou-se para a frente. O dedo de April ainda estava posicionado acima do botão de falar, os olhos dela sobre os monitores enquanto ela avançava em direção à porta traseira da van. Ninguém disse uma palavra. O único som era a respiração da Lacey.

Saltando um pouco para não tropeçar, Lacy conseguiu puxar um pé para frente através do círculo de seus braços. Agora, ela montava em seus pulsos amarrados, uma perna à frente e a outra atrás. Inclinada, com uma corda apertada contra ambos os lados do pescoço, ela tentou puxar o outro pé. Ela balançou, a corda apertou e soltou enquanto ela tendeu para a esquerda, depois para a direita. Ela colocou o pé de volta para baixo e recuperou o equilíbrio.

Novamente, Lacey levantou o pé traseiro pronta para puxá-lo através do círculo de seus braços. Ela vacilou, o calcanhar preso. Ela ficou desajeitadamente de pé apenas com uma perna. Ela saltou, tentando manter o equilíbrio, desistiu do esforço e tentou sentar-se no banco de novo.

Gwen arfou.

"Oh, merda", Rebecca murmurou.

Lacey conseguiu colocar o quadril na borda do banco de três pernas antes que ele tombasse e escorregasse por baixo dela. A corda apertou e Lacey balançou, engasgando-se enquanto sua bunda pousava no chão. A cabeça e a parte superior do tronco dela estavam erguidas e esticadas.

Gwen ouviu ruídos de engasgo enquanto Lacey tentava recuperar o equilíbrio ao mesmo tempo em que tentava fazer o segundo pé atravessar o círculo dos braços. Exceto pelos engasgos, Lacey não tinha feito som algum.

"Merda!", April gritou. Ela apertou o botão do microfone. "Wade, vai. Lacey vai se estrangular se não a tirarmos de lá. Johnson, cubra o Wade quando ele entrar. Markel, mexa-se."

O olhar de Gwen mudou da luta de Lacey para o outro monitor. O feno explodiu e saiu Markel, a rifle apontado para os dois homens que estavam começando a rolar o primeiro congelador em direção ao elevador.

"Parados, gabinete da xerife", gritou Markel.

"Que diabos...", ladrou Jake e se escondeu atrás do congelador. Ele o empurrou em direção a Markel e correu em direção ao elevador.

Gwen voltou sua atenção para o primeiro monitor. Lacey tinha conseguido puxar o seu segundo pé e lutava para se levantar. Suas mãos ainda amarradas puxaram freneticamente o laço apertado ao redor do pescoço.

Gwen se encolheu quando Johnson e Wade entraram pelo portão. Johnson apontou seu rifle para Jake que estava se atrapalhando com o controle do elevador.

"Parado. Aí mesmo".

Jake sabiamente deixou cair o controle e levantou as mãos.

No monitor, Gwen observou a corrida de April em direção ao celeiro.

Wade correu para ajudar Lacey, a cara dela ficando carmesim. Num movimento, ele a levantou para liberar a pressão e tirou uma faca dobrável do bolso. Rapidamente, ele serrou a corda até que um dos lados se soltou. A pressão em volta do pescoço da Lacey foi liberada. Ela arquejou.

No monitor do sótão, Gwen viu que Markel já tinha o segundo homem controlado de barriga para baixo, algemando seus pulsos.

Gwen respirou, realmente respirou, pela primeira vez no que parecia ser um longo tempo.

Ao lado dela, Rebecca disse: "Bem, isso não correu exatamente como planejado. Pelo menos a Lacey está segura agora, isso é o mais importante."

"De fato", suspirou Gwen.

15

______

DESFECHO

"Graças a Deus acabou, April", disse Gwen à cunhada depois de terem protegido a cena.

Jake Bryant e o segundo caçador furtivo, identificado pelo guarda-florestal Paterson como Robert McConnell, foram algemados e estavam a caminho da prisão do condado.

April e Gwen esperavam no quintal da Lacey observando os técnicos do crime no celeiro. A ambulância chamada para ajudar Lacey estava estacionada por perto.

"Estou muito triste que a civil que usamos tenha sido ferida, mas os médicos disseram que ela ficará bem, apenas machucada e abalada", disse April. "A boa notícia é que prendemos alguns caçadores , derrubamos um fornecedor de drogas e aposto que, depois que meus detetives terminarem de falar com Bryant e McConnell, teremos resolvido um assassinato e os acusaremos de sequestro e agressão. Nada mal para uma noite de trabalho, estou pensando".

"Nada mal mesmo", concordou Gwen.

Nesse momento as portas traseiras da ambulância se abriram. Um dos médicos pôs a cabeça para fora e perguntou: "Uma de vocês é Gwen Lindstrom?"

"Sou eu", respondeu Gwen, levantando a mão.

"Ela gostaria que você se juntasse a nós", disse ele, apontando para dentro onde Lacey estava deitada numa maca.

"Vá em frente", disse April a Gwen. Para o médico, ela perguntou: "Importa-se de transportar as duas para o hospital? Vou ficar ocupada aqui por um tempo, e a nossa testemunha aqui...", acenou ela em direção à Gwen — "vai precisar de uma carona".

"Sem problemas, Xerife", disse ele e pediu a Gwen que subisse.

Lacey parecia o inferno. O pescoço dela estava vermelho, inchado e arranhado onde a corda a tinha amarrado. As pontas roxas do seu cabelo escuro e emaranhado pareciam berrantes à luz da baía da ambulância. Os médicos cobriram-na com um cobertor, mas os seus olhos machucados estavam arregalados e avermelhados.

Gwen sentou-se no banco embutido e pegou uma das mãos da Lacey. Ela viu que as unhas estavam partidas e sujas onde Lacey tinha agarrado a corda.

"Disseram que vou ficar bem", ela murmurou. "Vai demorar um pouco para a minha voz voltar e o inchaço sumir."

Gwen temia que se abrisse a boca, fosse chorar, e isso não faria bem a nenhuma delas. Em vez disso, ela assentiu com a cabeça e apertou suavemente sua mão.

Lacey sorriu e disse: "Posso precisar de uns dias de folga, só até a minha voz voltar ao normal."

O sorriso e a preocupação da Lacey com o seu trabalho de garçonete de fato começaram as lágrimas. Um dos médicos entregou um lenço de papel à Gwen e ela limpou os olhos.

"Leve o tempo que precisar", disse Gwen a Lacey. "O trabalho estará esperando quando estiver pronta para voltar."

Um dos médicos saiu pela porta de trás. Gwen ouviu a porta do motorista abrir e fechar. O motor ligou, as luzes vermelha e azul piscaram, e eles estavam a caminho do hospital.

EPÍLOGO

O caso contra Jake Bryant e Robert McConnell pelo assassinato de Donald Myers, agressão e sequestro de Lacey e os crimes de fabricação de drogas e caça furtiva demorariam algum tempo para passar pelo sistema judicial. Enquanto isso, havia clientes famintos para atender e um negócio para Gwen dirigir no Ranchers' Café. Os clientes fofocavam sobre os eventos na casa escondida atrás das árvores. Eles perguntaram a Gwen sobre Lacey e seu envolvimento, mas ela evitou comentar, dizendo que ainda estava sob investigação.

Lacey voltou ao trabalho depois de uma semana de licença médica. No final do dia, sua voz ficava rouca novamente, mas ela não era a tímida garota que Gwen havia contratado. Em vez disso, ela andava com confiança e tinha perdido a maior parte do nervosismo. Ocasionalmente, Gwen até a via sorrir e rir com um dos clientes.

Ela também tinha perdido aquele olhar de criança abandonada e aumentado um pouco a sustância de sua moldura magricela. Gwen deu crédito a Mack por isso. Ele e Lacey tinham começado uma amizade depois que ela voltou ao trabalho. Lacey tinha ficado com Gwen por um tempo, mas depois que Mack e sua esposa se ofereceram para alugar o estúdio acima da garagem para ela, Lacey rapidamente aceitou. O apartamento veio com um bônus; Mack deu-lhe um convite permanente para jantar com a família dele. Em troca, Lacey ocasionalmente tomava conta dos dois netos de Mack. Era um acordo que se adequava a todos os envolvidos.

O melhor de tudo é que os guardas, Todd e Mark, surpreenderam Lacey com um cheque de cinco mil dólares, a recompensa por informações que levassem à captura dos caçadores furtivos.

Gwen recuperou a sua casa e a paz e o sossego que passara a desfrutar.

Se ela terminasse mais cedo naquele dia, planejava passar a tarde lançando uma de suas moscas recém-fabricadas sobre a superfície do Wind River.

O FIM

Caro leitor,

Esperamos que você tenha gostado de ler *Caçada*. Reserve um momento para deixar uma crítica, mesmo que curta. A sua opinião é importante para nós.

Atenciosamente,

Connie L. Beckett e Next Chapter Team

Connie L. Beckett é autora de uma lista crescente de livros em vários gêneros. Sua publicação mais recente é KINGMAKER AND THE SCRIBE, uma fantasia histórica que segue duas almas enquanto elas se reencarnam repetidamente, do antigo Egito a um futuro em um novo planeta.

Caçada
ISBN: 978-4-82414-273-3
Livro de Bolso

Publicado por
Next Chapter
2-5-6 SANNO
SANNO BRIDGE
143-0023 Ota-Ku, Tokyo
+818035793528

16 abril 2022